勇輝君と相合傘がしたい

「勇輝君、もう少し傘をそちら側に傾けてください。肩が濡れています」

「俺のことはいいんだ。君が濡れるよりずっといい」

箱入りお嬢様と庶民な俺のやりたい100のこと

その2. ファーストダンスをあなたと

hakoirioujousama to syominnaore no yaritai 100nokoto

御剣レオ
みつるぎ れお
貴煌帝学院の御曹司。
プライドは高いが、
庶民出の勇輝に対しても
下に見ない実直さがある。
古賀由美
こが ゆみ
入学初日に勇輝を案内した
クラスメイト。
レオとは幼馴染。

山吹千影
やまぶき ちかげ
純奈のお世話が生きがいのメイド。
恋人になった純奈と勇輝の
清い関係を見張るため、
お目付け役を継続中。
天光院純奈
てんこういん じゅんな
日本随一の財閥のお嬢様。
勇輝と恋人になり、さらに
やりたいことノートを埋めていく。
真田勇輝
さなだ ゆうき
純奈と恋人になった人より
行動力のある少年。
庶民生活と学院生活のギャップを
楽しめるぐらい器が大きい。

「純奈さん、もう一曲、踊らないか？」
「……はい！」
お互いの目を見ているうちに
顔が近づいていて、
ふとダンスの足が止まった。
けれど心は止まらない。

箱入りお嬢様と庶民な俺のやりたい100のこと

その2.ファーストダンスをあなたと

太陽ひかる

HJ文庫
1113

口絵・本文イラスト　雪丸ぬん

プロローグ 005

第一話 箱入りお嬢様はファーストダンスがしたい 008

{番外} 千影のお嬢様レポート6 056

第二話 箱入りお嬢様は自転車デートがしたい 063

{番外} 千影のお嬢様レポート7 082

第三話 それぞれのワルツ 085

{番外} 千影のお嬢様レポート8 120

第四話 雨と虹 124

{番外} 千影のお嬢様レポート9 148

第五話 運命の出会い、亡き王女のいたずら 153

{番外} 千影のお嬢様レポート10 187

第六話 ファーストダンス、そしてファースト…… 193

エピローグ 268

hakoiriojousama to syominnaore
no yaritai 100nokoto

contents

プロローグ

待ち望んだ雨が降ってきた。

純奈と過ごしたこれまでの日々に雨が降らなかったわけはないのだが、いわゆる相合傘はしたことがない。二人で一つの傘を使っていたら恋人同士のように見えてしまうので遠慮していたのだ。だが今はもう違う。四月の放課後、二人は赤い傘の下で肩を寄せ合い、校舎から正門に続く並木道を歩いていた。その姿は、正真正銘のカップルである。

少年は真田勇輝、少女は天光院純奈と云った。

傘は勇輝が持っている。放課後と云っても、時刻はもう夜に近い。

「門限、大丈夫？　見直されたって聞いてるけど……」

「はい、もう高校生ですから。それに学校に関連することで遅くなる場合は、事前に連絡を入れれば大丈夫です。今日はワルツの練習をしていたのですから、嘘にはなりません」

「ならいいんだ」

勇輝はほっとして、純奈に雨が降りかからないよう気をつけながら進んだ。だが数歩進んだところで、純奈が勇輝の傘を持つ手に手を添えて云った。

「勇輝君、もう少し傘をそちら側に傾けてください。肩が濡れています」

「俺のことはいいんだ。君が濡れるよりずっといい」

「でも……」

と、お互いを思いやっていると、後ろから雨音を貫いてくる声がした。

「雨のなかで立ち止まらないでください。あとがつかえているのです」

云うまでもなく千影だった。

勇輝は後ろをついてきている忠実なメイドに目をやった。

「実際にやってみると、傘が小さいんだよ」

「当たり前でしょう。本来一人で使う傘を二人で使ってるんですから。なんなら今から私が予備にしている折り畳み傘を貸しましょうか?」

すると勇輝と純奈は顔を見合わせた。せっかくの相合傘の機会をふいにされるなど、冗談ではない。二人同時にそう思ったのが、言葉にせずともわかる。

「ちょうど真ん中にしましょう。私と勇輝君が半分ずつ濡れるのがいいと思います」

「……そうだね」

勇輝は割り切って頷くと、傘を二人のちょうど真ん中に持ってこようとした。そのとき傘が後ろに傾いて、こちらを見守っている千影の視線を遮った。

思いがけなく二人の上半身が傘の陰に隠れたかたちになり、純奈がはっと目を瞠る。

「これだと千影から見えませんね」

「うん……」

お目付け役の千影から見えない。今なら、もっと大胆なことができる。二人同時にそう考え、勇輝と純奈はお互いに見つめ合い、引かれるまま顔を近づけた。

しかし。

「明日のワルツ、がんばろう」

勇輝が理性を利かせてそう云うと、純奈はちょっとすねたような顔をした。だが次の瞬間には、純奈も微笑んで頷いた。

「……そうですね。ファーストダンスをあなたと」

箱入りお嬢様と庶民の少年はトライアル・バイ・ファイアを乗り越えて結ばれた。

そんな二人が、今度はワルツに挑むと云う。

なぜそんなことになったのか？

話は四月二日に遡る。入学式の翌日、勇輝は純奈と一緒に登校するため学院の近くで待ち合わせをしていた――。

第一話　箱入りお嬢様はファーストダンスがしたい

うらうらとした春の日のことだ。

四月初めのこの時期は、都内のあちこちで桜の花が咲いていた。貴煌帝学院にほど近い街路においても、桜並木が花盛りを迎えている。そんな花びらが雪のように舞い散るなかで、勇輝は腕時計を見ていた。

勇輝は髪を短めに整えたハンサムな少年で、一年前に比べると身長が少し伸び、体つきも逞しくなっていた。それが貴煌帝学院の真新しい制服に身を包んでいる。

入学祝いに新しく買ってもらった黒のGショックが七時二十五分を示したとき、勇輝の前で黒い高級車が路肩に寄せて停車した。

扉が開き、まず黒髪をショートカットにした美少女が降りてきた。メイド服ばかり着ているイメージがあるけれど、今日は赤いリボンが印象的な制服姿だ。

「おはよう、千影」

「おはようございます」

勇輝に挨拶を返した千影は、狼の目で辺りを見回した。いつものことだが、彼女は周囲への警戒を怠らない。それはこんな平和な春の朝でも変わらないようだ。

やがて安全を確認した千影が場所を空けると、それを待っていたかのように、制服に身を包んだロングヘアの美少女が車から降りてきた。春の日にきらきらと輝くその姿を見た勇輝は、自然と笑顔になっていた。

「おはよう、純奈さん」

「おはようございます、勇輝君」

純奈は弾むような足取りで勇輝のところまで来たが、たった数歩で息が上がってしまったかのように顔を赤くしていた。

「待たせてしまいましたか？」

「待ってる時間も楽しかったよ。天気もいいし、のんびり歩けそうだ」

勇輝がそう云ったのにはもちろんわけがある。入学式があった昨日、天光院邸で純奈の父・晴臣に二人の交際を認めてもらったあと、純奈は勇輝たちにこう云った。

――次はこんなことがしてみたいです。

その言葉とともに示された冒険ノートには、こう書かれていた。

――勇輝君と肩を並べて学校に行きたいです。

ささやかな願いだと思った。だが振り返ってみれば、純奈と出会ってそろそろ一年になるのに、一緒に学校へ行ったことは一度もない。中学が別々だったから当然だ。

だから、朝、待ち合わせをして、手を繋いで時間通りに学校へ。

最初の通い路を二人でゆっくり踏みしめるために、貴煌帝学院からほどほどに離れたこの場所で、早めの時間に待ち合わせをしたというわけだ。

桜の花びらのなかで勇輝は純奈に手を差し出した。

「じゃあ行こうか」

「はい」

純奈に手を握り返されると、それだけで目に映る景色がなにもかも輝いて見えた。今日から二人の高校生活が本格的に始まる。

「楽しいことがいっぱいできるといいね」

「勇輝君とならできます」

ふふっと笑った純奈は、そこで思い出したように千影を振り返った。

「もちろん、千影のことも忘れていませんよ?」

「ありがとうございます。ですが私のことはお気になさらず。お二人の三歩後ろを黙ってついていきますので。ところでお嬢様、鞄は私がお持ちしましょうか?」

「いいえ。自分の鞄は自分で持ちます」

純奈は勇輝と繋いでいない方の手に持った鞄を軽く示した。

「かしこまりました」

千影はそう頷くと踵を返し、開けっ放しだった車の扉に手をかけた。

「それでは叔父さん、ここまでで結構です」

「……ああ、気をつけてな」

運転席からそう云ったのは山吹小四郎、千影の叔父で純奈の運転手兼ボディガードという筋骨隆々の大男である。小四郎が逞しすぎて高級車の運転席が狭く見えるなあと、勇輝が今さらのように思っていると、千影が外から車のドアを閉めた。勇輝たちが見守るなか、車が走り去っていく。

それを見送ってから千影が勇輝に訊ねてきた。

「ちなみに、今までは学校の正門前に車をつけていましたが、明日からは毎日ご一緒に登校されるということでいいんですよね？」

「ああ、基本はそのつもりだ。でも雨の日なら、純奈さんがわざわざ歩くことはないかなって思ってるよ」

すると純奈がちょっとすねたように、勇輝の手をぎゅっと握ってきた。

「雨の日は雨の日で、やってみたいことがあります」

「うん？」

「えっと、その……」

純奈は恥ずかしそうに顔を赤らめながらも云った。

「相合傘とかも、してみたいですから」

「……そうだね」

予期せぬ雨に降られたことは前にもあった。だが千影が抜かりなく折りたたみ傘を用意していたし、相合傘は恋人同士のすることという印象もあったので、晴臣との約束の手前、やらなかったことなのだ。

だがもう自分たちは恋人同士、したがって堂々とやっていいだろう。

「雨の日はあまり好きじゃなかったんだけど、これからは好きになるかも」

勇輝がそう云うと、純奈は楽しそうにくすくすと笑い、それから二人は貴煌帝学院へ向かって歩き出した。手を繋いだ二人に、千影が影のように付き従う。

春の朝の空気を吸った純奈は、実に晴れ晴れとした顔をしていた。

「こうやって勇輝君と肩を並べて同じ学校へ通うのが夢でした」

「うん。俺もそうだ」

朝、同じ制服を着て、待ち合わせをして、同じ学校へ向かって歩く。それだけのことを、勇輝もずっとやりたかった。そしてそれを特別と感じるのも今日だけだろう。これはいずれ、当たり前の日常になっていく。

さて、好きな女の子と手を繋いでいると時間はあっという間に過ぎるとは、アインシュタインが相対性理論に絡めて話したとされるが、それは本当だった。

気がつくと、貴煌帝学院の正門はすぐそこだったのだ。

「えっ、もう着いた？」

「時間の進み方がおかしいですね」

と、純奈が不思議そうに云う。狐に化かされていると本気で思っているような顔だ。

だがとにかく貴煌帝学院である。制服を着た学生が、徒歩で、あるいは車から降りてきて、門のなかへと足を踏み入れていく。

「……車で登校する生徒、結構いるんだね」

「はい。半分以上はそうだと思います」

純奈は当たり前のようにそう答えたが、勇輝は返事ができなかった。やはりとんでもない学校へ来てしまったようだ。

門の前まで来たところで、勇輝は門柱の傍に見覚えのある六人の学生が固まっているのに気がついた。男子三人、女子三人。昨日、純奈の取り巻きとして並木道を進んできた学生たちで、全員同じクラスだ。どうやら純奈を待っていたらしく、彼らの視線はこちらに注がれていた。

三歩後ろをついてきていた千影が、勇輝の隣に並んで云う。

「真田勇輝、彼らは——」

「純奈さんの御学友で、いわゆる親衛隊だろ。古賀さんから聞いてるよ」

——先頭を歩いてるのはメイドの山吹さん。あとは取り巻きの親衛隊……みんないいところの子供で、純奈様の完璧な御学友なの。あの人たち以外は純奈様に話しかけちゃいけないんだよ。

昨日、学院の案内をしてくれた古賀由美の言葉を思い出しながらそう答えた勇輝は、しかし彼らを親衛隊とは見ていなかった。

「でも、それ以前に俺たちはクラスメイトだ。だから、友達になりたい」

「勇輝君……」

目を瞠った純奈に、勇輝は微笑みかけて云った。

「なにもかも打ち明けたり、親身になって助けたり助けられたりするような友達はちょっとでいいけど、顔を見たら挨拶して、一緒にごはんを食べて、世間話や冗談を云えるような友達なら、百人いてもいい。俺はそう思う。君は？」

「……はい。私も、そういう友達がたくさんほしいです」

「よし、決まりだ。とりあえず紹介よろしく」

「任せてください」

勇輝に頼られて、純奈はちょっと嬉しいようだった。

そして六人の前までやってくると、純奈は勇輝から手を離して微笑んだ。

「おはようございます、みなさん。ええと……昨日はホームルームの自己紹介だけでしたから、改めてちゃんと紹介した方がいいですよね」

純奈はそう云うと、皆に手振りで勇輝を示した。

「恋人の勇輝君です」

「おはようございます、真田勇輝です。改めて、よろしくお願いします」

勇輝が折り目正しく頭を下げると、男子の一人が苦笑した。

「……クラスメイトなんだから、砕けた言葉遣いでいいよ」

――よかった。

と、まずは勇輝が胸を撫で下ろしたとき、別の女子が戸惑いがちに云う。

「私たちこそ、純奈様に対するように接した方がいいのかな、って。どう思う？　きちんとした方がいいなら、そうしますけど？」

「いや、普通がいい。普通にしよう！　同い年でクラスメイトなんだから、仰々しいのはおかしいよ。俺だけじゃなく純奈さんとも普通に接してくれると、とても嬉しい」

するとと六人の顔にはあからさまに動揺が走った。

「いや、それは……」

女子の一人が遠慮深そうに一歩下がる。

それを見た純奈の顔が一瞬だけ曇ったのを、勇輝は見逃さなかった。けれどそのまま俯いて黙っている彼女ではないはずだ。この一年で純奈もだいぶ変わったはずである。

勇輝はそう信じた。

果たして純奈は、級友が遠ざかった分だけ踏み出して、胸を張り、堂々と云った。

「みなさんとは昔からずっとクラスが一緒でした。いつも親切にしてくださって本当に感謝しています。でもこれからは、もしよろしければ、天光院家の娘ではなく、純奈を見てください。これだけ長い時間、一緒にいたのですから、もうちょっと、こう……」

そこで純奈は言葉を探すように視線をさまよわせたあと、微笑んで右手を差し出した。

「普通のお友達らしくなれたらいいと、思います」

そのときの六人の反応は面白かった。衝撃、茫然、喜び、興奮といった感情の変化が明白で、そして我先にと差し出した彼らの手が、純奈の手の前でぶつかってもつれた。

それを見た純奈は嬉しそうに、彼ら彼女らの手と次々に握手していった。

「お嬢様……」

千影が片手で口元を覆っている。

この一年で、純奈はちゃんと自分で飛べるようになったのだ。

「純奈様が、そうお望みなら、努力してみます」

「ありがとうございます」

そう云って笑う純奈は顔を輝かせていた。クラスメイトを様付けする時点で普通には程遠いのだが、それでも一歩前進だろう。

そして勇輝はもちろん、もう一人のことも忘れていなかった。

「ついでに、この千影とも――」

声は途中で喉の奥へ呑み込まれた。千影が勇輝のお尻を、容赦なくつねったからだ。

「な、なにを――！」

「しっ！」

千影は勇輝に顔を寄せると、純奈が六人と楽しそうにしているのを見ながら囁いた。

「私のことは気にしなくてよろしい。お嬢様のお世話と護衛に専念させてもらえる方が嬉しいのです」

「……いや、でも俺は、俺や純奈さんがみんなと話してるときに、おまえが一人でぽつんとしてたら気になる。おまえだって今が青春時代じゃないか」

するとし千影は嘲弄の笑みを浮かべた。

「なにを云うかと思えば……メイドとはもとより黒子のようなもの。まして山風衆に青春などないのです。私のことは足元の影と思って気にしないことですね」

千影は一方的にそう云うと、波が引くように後ろへ下がった。

「それが無理だから云ってるんだけどな……」

勇輝は一人そうぼやいたが、千影が頑固なのは今に始まったことではない。千影と友達になりたいという純奈の願いも、叶えられたのかどうか微妙なところだ。

――まあ、急には無理だろうし、のんびりやるか。

千影だって石や鉄でできているわけではなし、時間とともに変わっていくところもあるだろう。勇輝はそこに期待をして、ひとまずお節介の心に蓋をした。

そのとき正門前で生徒たちを出迎え、挨拶の声をかけていた教師たちの一人が勇輝たちを見て云った。

「おおい、のんびりしていて大丈夫か？　遅刻になるぞ！」

それで全員のスイッチが一斉に切りかわった。純奈が勇輝を振り仰いで云う。

「勇輝君、行きましょう」

「うん」

そうして勇輝たちは正門をくぐり、校舎へ向かった。その途中、純奈の姿を見かけた生徒たちは道を空け、一礼して見送ってくれる。なかには制服のタイが青い男子や、リボンが緑の女子もいた。貴煌帝学院では、タイやリボンの色で学年を判別する。今年は三年が青、二年が緑、一年が赤だ。ということは、つまり。

「先輩でも純奈様には頭を下げるんだよねー」

勇輝の心を読んだようなその声に、勇輝はびっくりして足を止めた。純奈はほかの学友と話をしながら先を歩いているので、それには気づかない。

「ほら、止まらないで」

そう云って勇輝の背中を押し、歩くよう促したのは純奈の親衛隊の一人だ。名前は、

「霧島さん……」

「フルネームだと？」

「霧島阿弥寧さん」

「おお、憶えてた。よしよし」

阿弥寧はそう云ってにやりと笑い、勇輝と足並みを揃えた。

「でもまさか純奈様に彼氏ができるとは思わなかったよ。天光院家に自分から突っ込むなんて勇気あるね。勇輝だけに」

「それ、よく云われるよ」

勇輝は笑っていたが、実のところ、阿弥寧の声や目つきから不穏なものを感じ取ってもいた。だがそれも仕方ない。自分たちのグループに突然現れた新参者を警戒するのは、普通のことだからだ。それに初対面では相手を徹底的に気に入るか、そうでなければちょっと揉めるくらいの方が、あとあと仲良くなれそうな気もする。

果たして教室に到着し、扉を開けてなかに入ったところで、阿弥寧はわざとらしいほど大きな声で云った。

「ところで真田君って、実家が下町の自転車屋って本当ですか？」

その途端、教室にいた全員の視線が勇輝に集中した。純奈がびっくりして振り返ると、阿弥寧はほんの少し怯んだ顔をしたが、彼女も今さらあとには引けまい。

「あっ、ごめん。声、大きかったね」

阿弥寧は顔の前で手を合わせて、ぺろりと舌を出した。よく見ればかなり可愛くて、胸が大きくて、そしていかにも計算高そうだ。

だが今の勇輝には、彼女が追い風の女神に見えた。なぜといって、自分が自転車屋の息子であることは事実であり、隠しておけることでも、隠さねばならないようなことでもない。噂だけ広がって腫れもの扱いされるより、入学二日目のこのタイミングで宣言してしまった方が、この先のことを考えたら百倍よかった。

――ありがとう、霧島さん！

勇輝は心で礼を叫び、クラスメイト全員に聞かせるように朗々と答える。

「そうだよ、自転車屋なんだ。庶民として生きてきたから、みんなの凄さに圧倒されてるよ。ちなみに店は昭和の雰囲気が漂うレトロな店なんだ。真田自転車って検索すれば出てくるから、今度見にくるといいよ。霧島さん、自転車は好き？」

「えっ？　まあ、好きかな……」

勇輝が怯むどころか、ひかりを放つように堂々と語るので、阿弥寧は頷かされてしまったようだった。計算高いようだが、押しには弱いのだろうか。一方、勇輝は押しの強さに定評がある。

「それはよかった！　俺、自転車屋だから、自転車が好きな人は無条件でいい人だと思うことにしてるんだ。改めてよろしくね」

勇輝が差し出した右手を、阿弥寧は凍りついたように見た。

「わ、私はこれでも政治家の娘で……」

「それがどうかしたのですか?」

横から純奈が訊ねると、阿弥寧は目と口を丸くし、それから勇輝の手を鷲掴みするような勢いで握手した。

「こちらこそ、よろしく!」

「ああ、仲良くしよう」

勇輝と阿弥寧は、たっぷり十秒ほど固い握手を交わした。

そのあとで純奈が嬉しそうに阿弥寧に話しかけた。

「霧島さん、自転車が好きって、本当ですか?」

「えっ? それはまあ……だって気持ちいいですし、坂道とか最高ですから」

「私も勇輝君の影響で自転車に乗るようになったんですよ」

そう世間話に入った純奈を、勇輝は頼もしそうに見た。思えばこの貴煌帝学院の生徒にとって、勇輝は地の底からやってきた庶民であり、純奈は天上のお嬢様だ。どちらにも壁がある。その壁を打ち壊して、友達百人とまではいかなくとも、風通しはよくしたい。

――よし、やってやるか。

勇輝はそれから自分の席にまっすぐ向かわず、教室をぐるりと一巡りして、こちらの様子を窺っていた生徒たちにどんどん声をかけていった。

「おはよう！」

挨拶ついでに、握手をしたりハイタッチをしたりする。

そのなかに一人、勇輝と握手をして放さない男子がいた。名前はたしか、柿沼と云っただろうか。眼鏡の彼は勇輝を面白そうに見つめてくる。

「すごい積極的だね」

「俺、外部生だからこの学校に友達いないし、自分からどんどん話しかけていかないとぼっちになっちゃうじゃん。厭だよ、そんなの。庶民だからって小さくなって、純奈さんに守られて過ごす高校生活なんて耐えられない。せっかくいい学校に来たんだから最高の高校生活にするぞ。というわけで、仲良くしてくれよな、柿沼……」

「善信だ」

「うん、柿沼善信君」

そう云うと善信は嬉しそうに笑って、勇輝の手を放してくれた。

そしてやっと自分の席に腰を落ち着けた。勇輝の机は教室のちょうど真ん中にある。前の席は出席番号で一つ前の、古賀由美の席だ。

由美は勇輝が教室に入ってきたときからずっと勇輝を見ていたらしい。視線は勇輝も感

じていた。勇輝が椅子に座ったときも、由美は椅子に座ったまま、体をねじるようにして
こちらを見ていた。

「おはよう、古賀さん」

「お、おはよう」

古賀由美は、いかにも勝ち気で活発そうなセミロングヘアの美少女だった。昨日、外部生の勇輝に学院を案内してくれたときは、出会ったばかりなのに仲の良い男友達のような感じで話ができたものだ。だが今は違う。彼女は明らかに緊張していたし、戸惑っていた。勇輝が純奈の恋人だからだろうか。だとしたら、寂しいことだ。

「にらめっこするかい？」

「えっ、なに突然？」

「いや、なんか緊張してる感じだから、笑わせてみようかなって。男同士だったら脇腹でもくすぐってやるところだけど、女の子相手にそれはできないから」

すると由美はちょっと笑って、右腕を持ち上げ、制服の横を勇輝に見せつけてきた。

「やってみてもいいよ？」

「いや、やらない」

「うん、賢明だね。純奈様が見てるし」

その言葉に、えっと声をあげて振り返ると、純奈が勇輝のすぐ近くに立っていた。足音もなく気配もなかったので、勇輝がびっくりしていると、由美がひやかすように云う。

「真田君のあと、ぴったりくっついてきてたよ。気づかなかった？」

「うん、まだ霧島さんと話してると思ってた……」

「だって勇輝君が行ってしまったので」

するとすぐそばに控えていた千影が呆れたように云う。

「片時も離れないおつもりですか、お嬢様？」

「そういうわけでは、ないのですが……」

もじもじとする純奈を愛しく思った勇輝は、彼女の手を取った。

「席が隣同士だったらよかったね」

「……はい。席替えに期待しましょう」

すると千影が残念そうにかぶりを振った。

「お嬢様、それはあまり期待できそうにありません。恋人同士の席を近づけると学業に差しさわりがありそうなので、普通は離すと思います」

すると純奈は落雷のあったようにショックを受けてよろめいた。千影が素早く純奈を支える。そんな彼女を見ていられなくて、勇輝は椅子を大きく引くと云った。

「じゃあ、先生が来るまで、俺に座る？」

「なにを云っているのですか、真田勇輝」

千影が素早く的確に文句をつけたが、純奈は顔を輝かせて「はい！」と返事をし、それから恐る恐る控えめに勇輝の膝の上に座った。が、二秒で立ち上がった。

「どうしたの？」

勇輝が訊くと、純奈は顔を赤らめてもじもじと云った。

「いえ、これはまだ、なんだか恥ずかしい気がして……」

「そっか。じゃあ無理はしないでおこう」

実際勇輝も、たった二秒で感じた純奈のぬくもりと柔らかさに心が落ち着かないところだった。今日から本格的に授業が始まるのに、危ないところであった。

と、そんな二人の様子を見ていた由美が茫然と云う。

「えっ、純奈様、なんか可愛い……」

「純奈さんは最初から可愛いよ？」

出会ったその日から、今日まで、毎日可愛かった。

ねえ？　と勇輝が同意を求めると、純奈は嬉しそうにぴょんと小さく跳んだ。

◇

それからたった数日で、勇輝は完全にクラスに馴染んだ。

貴煌帝学院の生徒たちはみんな良家の子女であり、しがない自転車屋の息子である勇輝には好奇の目が注がれたが、結局は実力が物を云った。授業にもついていけたし、物腰は積極的かつ穏やかで、食事の作法もよい。

なかでも体力測定は、勇輝が男子たちと打ち解ける大きなきっかけになった。

「真田君、純奈様の彼氏の実力を見せてよ」

「おお、任せろ。云っておくが、俺は中学を通して体育の成績は常に5だった。バンドと家の手伝いがあったから、運動部には所属してなかったけどね」

そして実際、跳んでも走ってもトップクラスの実力を示すと、男子たちは素直に勇輝を認めるようになった。さすが純奈様の選んだ男、というわけである。

そんな勇輝が、自分から気さくにどんどん話しかけるものだから、勇輝と一緒にいる純奈も自然とクラスメイトと話す機会が増えた。みんな相変わらず純奈のことを『純奈様』と呼ぶのだが、そこに目を瞑れば、入学式の日に見た天上人扱いが嘘のようだ。

そんな感じで入学から数日が過ぎたある日の昼休みのことである。

勇輝たち六人の姿が貴煌帝学院のカフェテリアにあった。そこは壁の一面がガラス張りになった明るい空間で、白い椅子とテーブルが並んでおり、カウンターでは様々な美味しい料理がすべて無料で提供されている。メニューは自由に選ぶことができ、育ち盛りの学生たちは、安心してお腹いっぱい食べられるようになっていた。

――この学校に来て一番よかったことが、これかもしれないな。

勇輝はふくふくとしてピラフを口に運んだ。勇輝から見て右に純奈、左に由美、右前に千影、正面に阿弥寧、左前に善信という席次である。

みんなが話をしているのをよそに早々と食べ終えてしまった千影が、話が途切れたときを見澄まして云った。

「……真田勇輝、私はあなたを見くびっていました。まさかこんなにも早くクラスメイトと打ち解けてしまうとは」

「まあ頑張ったからな。純奈さんも傍にいてくれたし。勉強や運動ができても俺一人だったら、ここまで上手くいったかどうか……」

勇輝が純奈の周りにあった壁を壊し、純奈が勇輝に向けられる疑惑の眼差しを中和するという感じで上手く回ったのだ。

「愛の二人三脚だな」

と、さっきからフルーツばかり食べている眼鏡の善信がしみじみと云う。二日目のあの日以来、善信とはすっかり友達になって、今日も一緒に昼飯を食べていた。

「いいなあ。私なんか友達作るの苦手な方で、勇輝君や純奈様が声をかけてくれなかったら、やばかったかも」

　由美はいかにも勝ち気で活発そうな美少女であり、実際明るいのだが、繊細（せんさい）で傷つきやすい一面も持っているということが、この数日でわかってきた。しかし勇輝とは席が前後していたし、入学式の日に学院を案内してくれた縁（えん）もあって、よく話す仲だった。

　勇輝はそんな彼女に親切心を起こして云った。

「友達を作るコツ、教えてあげようか？」

「えっ、そんなのあるの？」

「簡単だよ。明るく大きな声で話す。笑顔で話す。自分から話す。これで世界中、誰（だれ）とでも友達になれるさ」

「あははっ。勇輝くーん、ちょっといい？」

「なに？」

　勇輝が由美の方に身を乗り出すと、由美は勇輝の首を両手で掴（つか）んで揺（ゆ）さぶってきた。

「弱者の気持ちを思い知れ！」

「やめてやめて、ごはんが零れる」

それが遊びの範疇だとわかっているので、純奈もくすくす笑っていた。

由美が手を放したとき、阿弥寧がパスタのフォークで勇輝を指してきた。

「でも実際、私みたいなのとも友達やってくれてるんだから、勇輝君は懐が深いよ」

「いや、霧島さんは自転車が好きないい子でしょ？　あのとき霧島さんが大きな声で自転車屋の息子なの、って訊いてくれたのがすべてのきっかけになった気がする」

「あれは意地悪しようとしたんだけど……って云ったら、どうする？」

「別にどうもしない」

「ふーん、そう。じゃあついでにもう一つ聞かせてよ。勇輝君、受験の日に大怪我してたって本当？」

「ああ、右手を骨折してた。でも合格した。頑張ったよ」

「いや、おかしくない？　なんで右手が骨折してるのに合格できたの？　うちの試験ってそんなに甘くないでしょ。もしかして……」

阿弥寧の、ピンク色の口紅を塗った唇が動く。

――不正？

声に出さずともそう云ったのが、勇輝にはわかった。

「いや、そんな風に受け取られるのは心外だな、霧島さん」

「ごめーん、でも気になっちゃって。もし違うなら、変な噂が立つ前に対処した方がいいと思うの。だって純奈様の彼氏なんだから天光院家がなにか手を回したとしてもおかしくないからね。云っておくけど、これは親切で云ってるんだよ？」

阿弥寧は大きな声で、まるで周りに聞かせるように語っていた。だから、ちょうど勇輝たちのテーブルの横を通り過ぎようとしていた、その人物の耳にも入った。

「愚か者め」

爽やかな少年の声が降ってくると、阿弥寧は眉をひそめて振り仰いだ。

「ああん？　誰に向かって――げっ！」

阿弥寧は相手を見た瞬間、まるで天敵に出くわしたような顔をした。

「あ……」と、由美が小さな声を漏らす。

そこに立っていたのは、女のような顔をした長身かつ長髪の美少年だった。制服のネクタイの色が赤いから一年生であろう。勇輝にとっては初めて見る顔だ。

昼食のトレイを持っているから、今から食事だろうか。ところが勇輝たちのテーブルの横を通りかかったときに、阿弥寧の声が聞こえて足を止めたという状況のようだ。

「君は……？」

　勇輝が訊ねると、美少年はいかにも高飛車そうに片手で長い髪を掻き上げて云った。

「僕は御剣レオだ」

「初めまして、真田勇輝です」

「知っている。天光院の御令嬢の恋人の存在は、既に有名だからな」

　隣のクラスの男子だよ、と補足してくれた善信に、勇輝が相槌を打ったとき、阿弥寧が下から噛みつくようにしてレオに云った。

「それよりなんなの、レオ様。急に話に割って入ってきて」

「通りすがりに聞こえてしまったが、聞き捨てならないのではっきり云ってやろう。我が貴煌帝学院には不正など存在しない。たとえ天光院家に睨まれたところで、云いなりにはならないぞ。だから、そこの外部生がこの場にいるのは彼の実力だ。これ以上つまらない云いがかりをつけるなら、この僕と貴煌帝学院への侮辱とみなす」

　するとたちまち阿弥寧は牙を隠して、どうにか笑顔を作った。

「じょ、冗談だって。怒らないで、レオ様。ちょっと噂を聞いたから確かめてみただけで、本気でそんなこと思ってるわけじゃないよ。勇輝君もごめんね」

「うん、いいよ。気にしてない。御剣君もありがとう」

　どういう事情か知らないが、レオは自分を助けてくれたのだ。勇輝はそう思ったが、レオはつんと澄まし顔でそっぽを向いた。

「勘違いするな。君を庇ったわけではない。僕は貴煌帝学院の名誉を守ったのだ」

「ええと……」

なんらかの正義感を発揮して横槍を入れてくれたのには違いないが、この態度はどういうわけだろう。勇輝が戸惑っていると、千影が立ち上がって云った。

「真田勇輝、私が説明しましょう。彼の名前は御剣レオ。この貴煌帝学院の院長の息子で、理事長の孫です。貴煌帝学院の経営陣はすべて御剣一族で占められており、彼はいずれ御剣家の当主として、この貴煌帝学院の院長となる人物です。そうですよね、御剣さん？」

「……順当なら、そうなる」

「へえ、貴煌帝学院の御曹司ってわけか。なるほど、それで」

天光院家令嬢の恋人を不正に入学させた——そんな噂が立つことは、自分の誇りと学院の名誉が直結している彼にとって、許せないことだったのだろう。

だとしたら、勇輝にとってはますますありがたいことだ。貴煌帝の御曹司の言葉なら効果は覿面、つまらない噂の根は、今ので完全に絶たれたに違いない。

「そういうことなら、なおさら礼を云っておくよ。ありがとう」

「ありがとうございます、御剣さん」

勇輝と純奈が揃って礼を云うと、レオは澄まし顔をしたまま ちょっとだけ顔を赤らめた。ツンツンしているが、悪いやつではなさそうだ。勇輝はそう思って、さらに訊ねた。

「ところでレオって、漢字でなんて書くの？」

「カタカナだ。戸籍にもカタカナで登録されている」

「……かっこいいじゃないか」

「ふっ。おだてても、なにも出ないぞ」

レオはにやりと笑うと、今度こそ優雅な足取りで去っていき、少し離れた席についた。

それを見送ったあとで善信がぽつりと云う。

「勇輝とはタイプの違うイケメンだよな。勇輝は男前だけど、レオは美少年って感じ。男にしては声も高いし、髭も生えてない。なにより髪を結べるくらい長く伸ばしてる。もしかして女という可能性は――」

「ないよ。あいつは男」

由美がそう可能性を切り捨てると、善信は納得のいかなそうに眉をひそめた。

「どうしてそう断言できるんだい？」

「それは……」

由美は話しにくそうに言葉を濁したが、善信だけでなく勇輝たちにも見つめられると、観念したのか白状した。

「私とあいつは、親同士が仲が良くて、小さいころはよく一緒に遊んだの」

「それって、幼馴染ってやつ？」と勇輝。

「そんなところ。だから知ってるの。まあ男にしては線が細くて、体力なかったけどね」

「なーんだ」

善信が残念そうにがっくりと肩を落とした。

そんな友人の姿を微笑ましく見ていた勇輝は、やがてレオの方に視線をやった。

「しかしここは社長や政治家の子供が多いって聞いてたけど、貴煌帝学院そのものの御曹司がいるとは盲点だったな」

「まあね。レオ様は貴煌帝のプリンスだからさ、ここに通ってる限り逆らわない方がいいよ。目をつけられたら大変そう」

「御剣君はプライド高くてツンツンしてるけど正義感強めだから、霧島さんみたいなタイプには厳しいんだよね」

「どういう意味ですか、柿沼さん？」

阿弥寧が善信の顔に、思い切り自分の顔を近づけた。善信はたちまち息苦しそうに顔を背けた。可愛い女の子にそんなことをされると、うぶな男はそれだけで困ってしまうと、阿弥寧はわかっていてやっているのだ。

——霧島さんって、いい性格してるよなあ。

勇輝がいっそ感心していたときだ。純奈が心配そうな声をあげた。

「由美さん、どうかされましたか？　先ほどからお顔が強張っておられますが……」

そんな純奈の言葉に驚いて由美を見ると、由美は確かにどこか元気がなさそうであった。が、みんなの視線を受けてか、たちまちしゃんと背を伸ばす。

「あ、あはは。なんかお昼ご飯の食べ合わせが悪かったかなって。ほら、うなぎと梅干しを一緒に食べちゃった、みたいな？」

「うなぎと梅干しを一緒に食べると具合が悪くなるのですか？」

純奈の声に、善信が笑って云う。

「いや、純奈様。迷信ですよ、それは」

「えーっ、私は本当って聞いたけどな」と阿弥寧。

勇輝はといえば、由美の方に顔を寄せていた。

「古賀さん、本当に大丈夫？」

「うん、大丈夫。ありがとう、心配しないで」

由美はとびきりの愛想笑いを浮かべた。可愛かったが、これは空元気だ。

――でも本人が大丈夫って云うなら、詮索はやめておくか。

勇輝がそう思っていると、阿弥寧が急に話を戻した。

「てかさー、ダンスパーティのオープニングワルツってまだ決まってないんでしょ？　レオ様が機嫌悪そうにツンツンしてるの、それが理由じゃないの？　ダンスパーティの実行委員のメンバーになってはりきってるって噂が回ってきてたし」

「ダンスパーティ？」

勇輝の食いつきを見て、善信がなにかに気づいたような顔をした。

「ああ、そっか。勇輝は外部生だから知らないんだな。この学校、高等部一年生の行事として、毎年四月の最終日曜日にダンスパーティがあるんだよ」

「えええ……」

学校行事でダンスパーティだって？

「それってキャンプファイアーの周りで踊るやつ？」

「いや、違う違う。全然違う」

首を横に振っている善信の隣で、阿弥寧が腹を抱えて笑いながら教えてくれる。

「学院のメインホールを使ってやるの。テーブルが並べられて、料理なんかもホールのキッチンでプロの料理人が腕をふるってくれる、かなり本格的な貴族っぽいやつ。みんな着飾って、まさに舞踏会って感じ。保護者の出席もオーケー……この学校の生徒の親だから、社会的地位のある人ね。まあ、凄いよ？」

「そんなパーティが……」

信じられないような話に勇輝は目を丸くしたまま、純奈に顔を向けた。

「純奈さんは知ってた？」

「もちろんです。貴煌帝学院の生徒は社会人になれば社交界に出席することもあるので、その予行演習としてフォーマルなダンスパーティを経験しておくそうですよ」

「一年の春、二年の夏、三年の卒業前にあるんだぜ。一年のパーティは外部生にとっては学院に馴染むいい機会だけど、ほかにも料理が美味いとか、パーティがきっかけで彼氏や彼女ができたとか、そういう夢のような話を先輩から聞いたよ」と善信。

「へえ。そうか、それは楽しみだな」

勇輝は笑って頷き、また純奈に訊ねた。

「晴臣さんたちも来るのかい？」

「お母様はまだわかりませんが、お父様は海外出張のご予定と重なっているので無理でしょうね」

「保護者はご多忙な方も多いので、全員出席とはなりませんよ」

千影の補足に相槌を打った勇輝は、阿弥寧に目を戻した。

「でもメインホールって、学校にそんなのあるの……？」

「勇輝君、ここは貴煌帝学院ですよ？　ダンスホールとしてもコンサートホールとしても使える万能なホールがちゃんとあります。シャンデリアとか、きらっきらで綺麗なの！」

「へえ……！」

勇輝が目を輝かせると、阿弥寧はダンスパーティのあれがすごい、これがすごいと、まるで自分の歌声を披露するかのように教えてくれた。果たして勇輝は阿弥寧の期待通りに素直に驚き、感心した。

「……そんな凄いホールでやるなら、音楽はオーケストラ？」

「ううん、普通にＣＤをかけるって話」

阿弥寧の答えに、勇輝は思わず笑ってしまった。食器がなければ、テーブルに突っ伏していただろう。

「なんでだよ、そこは手を抜くなよ。もし本格的なオーケストラの演奏を生で聴けるなら本当に最高のハッピーバースデーだったのに」

勇輝の言葉に、純奈と千影以外の全員が「えっ！」と声をあげた。

そんな三人に、勇輝はにやりと笑って云う。

「今年の四月の最終日曜日は、ちょうど俺の誕生日なんだ」

「私はもちろん知っていましたよ」

「同じく。お嬢様のご予定とリンクしていますから」

純奈と千影が相次いでそう云ったが、阿弥寧はぽかんとしている。その彼女に勇輝は改めて訊ねた。

「で、そのダンスパーティのオープニングワルツがなんだって？」

「ああ、そうそう。最初はその話だったね」

阿弥寧はこほんと咳払いすると、つまらなそうに云った。

「ダンスパーティって基本無礼講に近くて、まあ好きに踊って、話して食べてって感じなんだけど、最初だけ儀式的なものがあるの。一組の男女が一年生代表としてワルツを踊る。それを見てから、パーティが始まるってわけ」

「その大事な最初のワルツを踊る二人が決まらない？　だから御剣君の機嫌が悪い？」

「私はそう思う」

「いや、霧島さんの言動に問題が――」

そう云った善信を、阿弥寧が睨んで黙らせたとき、純奈が不思議そうに云った。

「どうして決まらないのでしょうか？」

すると善信は、軽く驚いたようだった。

「そりゃあ、あの伝説のせいですよ」

「伝説？」

「えっ、純奈様、知らないんですか？」

善信に問われ、純奈はますます首を傾げた。そこへ阿弥寧が云う。

「俗っぽい噂話なので、私たちで止めてた。純奈様のお耳に入らないようにって」

「……どんな伝説なんだい？」

興味を覚えた勇輝が前のめりになると、しばらく黙っていた由美がぽつりと云った。

「このダンスパーティのオープニングでワルツを踊った男女は、永遠に結ばれる」

「そう、それ！」

相槌を打った阿弥寧が、ふたたび楽しそうに話し出す。

「そういう伝説があるの。たぶん大昔の先輩に、一年のときに代表でワルツを踊ってそのまま結婚しちゃったカップルがいたんだろうね。もちろんただの伝説で、実際にそんなことで運命が決まるわけはないんだけど、とにかく冷やかされるらしいよ。将来結婚するのかとか、運命の赤い糸かもしれないよとか、これを機に本当に付き合っちゃったらとか」

「ああ、たしかにそうなりそうだな……」

貴煌帝学院の生徒といえども十代の少年少女である。そんな伝説があったら、冷やかしてみたくもなるだろう。

「おかげで毎年オープニングのワルツを引き受けてくれる男女を探すのに苦労してて、それでレオ様が機嫌悪くてツンツンしてるんじゃないのって、話……」

阿弥寧の言葉は、途中で吸い込まれるようにして途切れた。阿弥寧は純奈を見ている。果たして。

「そんな伝説が、あったのですね……」

声の調子で、瞳の輝きで、勇輝は純奈が新しい景色に感動しているのだとわかった。

勇輝はそんな純奈の頬にそっと触れた。純奈がはっと我に返って勇輝を見る。その美しい目を覗き込んで、勇輝は訊ねた。

「やってみたい？」

「はい」

迷いのない返事だった。そして寄せては返す波のように、今度は純奈が訊ねてくる。

「勇輝君は、どうですか？　やってみたいと思いませんか？」

「君がやりたいなら、挑戦する」

「……そうではなくて、勇輝君の本心が知りたいです」

そう云われて、勇輝は自分の心を振り返った。

「……ワルツを踊ったからって、それで俺たちの運命が決まるわけじゃないよ」

すると純奈はしゅんと項垂れた。視界の隅で、千影が箸を逆手に持つのが見える。だが話はまだ終わっていないのだ。

「でも君と踊りたい。君が喜ぶ顔を見たい。俺はワルツとかダンスパーティとかはまったく経験がないけど、やったことがないから、やってみたい……っていうのは、どれも嘘じゃないけど、まだちょっと恰好をつけているな。俺の本心、か」

勇輝は目を伏せ、自分の心の音に、耳を澄ませた。

ノートと云えば、純奈の持っている『冒険ノート』のような紙のノートを想像するのが普通だろうが、実はノートには楽器などが出す『音』という意味もある。車の排気音をエキゾーストノートと云うのも、そういうことだ。

そう、ワルツを踊ったからって、それで二人の運命が決まるわけではない。運命は行動で決まる。自分たちで決める。言葉や習慣、日々の積み重ねで決まっていく。

「俺のなかの合理精神が冷静になれって笑ってるけど、でもね……」

このダンスパーティのオープニングでワルツを踊った男女は、永遠に結ばれる。

そのときの、心の音は。

――いいじゃないか。

勇輝は伏せていた目を上げ、純奈に笑いかけた。

「俺は、君と永遠に結ばれたいと思っている。だから、この伝説は欲しい」

ぱあっと純奈が顔を輝かせた。

千影が黙って立ち上がり、純奈の鞄を開けてそこからペンとノートを取り出す。

純奈はそれを受け取ると、ノートにさらさらと書いて勇輝に見せてきた。

――ファーストダンスをあなたと。

「よし、決まりだ」

そんな二人の姿を目の当たりにして、阿弥寧が茫然と云った。

「立候補するんだ……」

「あ、それなら御剣君じゃなくてダンスパーティの実行委員長に申し出てみたらいいと思うよ。御剣君は実行委員のメンバーだけど、トップってわけじゃないから」と善信。

それはもっともだと思った勇輝は、一つ頷いて善信に訊ねた。

「柿沼君。ダンスパーティの実行委員長って、誰？」

「この学院の生徒会長」

善信は人差し指で『上』を指差しながら云った。

◇

放課後になった。

千影が先頭を歩き、勇輝と純奈はそれについて廊下を歩いている。部活へ行く者、帰り支度をする者、居残って友達とおしゃべりをしている者たちとすれ違いながら勇輝たちが目指しているのは、貴煌帝学院の生徒会室だ。

「ありがとうな、千影。会長にアポを取ってくれて」

ダンスパーティ実行委員会の長は、生徒会長である。これ自体は納得だが、多忙なはずのその人物といつどうやって会うか。勇輝は悩んだが、千影があっさり今日の放課後に会う約束を取りつけてくれたのだ。

「礼には及びません。天光院の名前を使えば、大抵のことは通ります」

「ははは……」

勇輝は笑ったが、千影は恐らく冗談を云っていない。それが恐ろしい。

「ところで生徒会長って、どんな人だ？　入学式で挨拶してたから、眼鏡の美女なのは知ってるけど……」

「変人です」

千影の答えに、勇輝はつんのめりそうになった。そんな勇輝に千影は云う。

「貴煌帝学院の生徒会長は代々、ちょっと変わった人が選ばれるんですよ。理由はわかりますか？」

「……真面目な学校だから？」

「正解です。ただでさえ進学校なのに、真面目な人が生徒会長になったらバランスが悪いということで、遊びのわかる人の方が好まれるんです」

「その話は私もお母様から聞いたことがあります。お母様もかつては貴煌帝学院の学生で一番の成績だったのですが、生徒会長にはなれなかったそうですよ。なんでも風変わりな性格の御学友が選ばれたとか」

「へえ……でもただの変人ってだけなら、生徒会長にはなれない、よな？」

勇輝が訊くと、千影は頷いて続けた。

「たしかに現生徒会長は学業において極めて優秀です。特に数学では世界大会に出場していますし、投資で成功してかなりの資産を形成しているとか」

「……やっぱりな。なんらかの分野で天才だろうとは思ったよ」

勇輝たちがそんな話をしていると、先をゆく千影が足を止めた。

「着きました」

勇輝は年季の入った生徒会室のプレートを見て、たちまち神妙な気持ちになった。思わずネクタイが緩んでいないか確かめていると千影が云う。

「ちなみに会長は外国籍ですが、幼いころからずっと日本に住んでいるので日本語は堪能ですから安心してください。それでは、心の準備はよろしいですか？」

勇輝はいつでもよかったが、純奈はどうだろうか？　傍らの彼女に視線をあてると、純奈はわくわくを抑えきれないかのようだった。

「私たちにワルツを任せてくれるでしょうか？」

「なんとか、お願いしてみよう」

そうして勇輝と純奈が揃って頷くと、千影は扉を叩いて来訪を告げた。

……。

生徒会室の中央奥に、いかにも高級そうな椅子と執務机が据えられていた。机に脚を高く乗せて座っているのは、眼鏡をかけた長身の美女だ。長い黒髪を一本の三つ編みにしている。外国人という話だがアジア系で、見た目は日本人と変わらない。女子なのに制服にリボンではなくネクタイを合わせているのがユニークだった。

生徒会役員に案内されて入ってきた勇輝たちを見て、彼女は嬉しそうに笑った。

「やあ、いらっしゃい。私がこの学院の現生徒会長・黄暁雨（ホアンシャオユウ）だ。キャプテンと呼ぶか、それとも会長と呼ぶか、好きな方を選んでくれ」

「はじめまして、真田勇輝です。今日は時間を作ってくれてありがとうございます。どうか会長と呼ばせてください」

「天光院純奈と申します。こちらは私のメイドの山吹千影です。私たちも会長と呼ばせていただきますね」

　そのように勇輝たちが挨拶をすると、暁雨はがっくりと肩を落とした。

「誰もキャプテンって呼んでくれない……」

「呼ばれたいんですか？」

「かっこいいかと思って」

　暁雨はそう云いながら椅子から立ち上がると、ちょっと離れた場所の応接スペースに移動し、そこのソファに座るよう手振りで勧めてきた。勇輝と純奈は、暁雨とはテーブルを挟（はさ）んで向かいのソファに腰（こし）を下ろしたが、千影は立ったまま後ろに控えた。

「君は座らないの？」

「はい、結構です。メイドですから。ところで先にお伝えした用向きですが……」

「オープニングのワルツを踊りたいんだって？　大歓迎（だいかんげい）！　ありがとう、よく立候補してくれた！　あのラブラブな伝説のせいでさ、引き受けてくれる男女が見つからなくて困ってたんだよ！　でもたしかにカップルの君たちなら、問題ないよね！」

こちらは扉を開けてくれるかどうか不安に思いながらノックしたのに、向こうはもう歓迎の宴の準備をしてくれていたような、そんな温度差に、勇輝は喜ぶよりも戸惑った。

「え、いいんですか？」

「なにが？」

「いや、実は俺、ワルツってやったことがないんです」

「そうなんだ。じゃあ練習して、当日までには完璧に仕上げてきてよね」

当たり前のようにそう云われて、勇輝は絶句してしまった。

そのとき生徒会メンバーの一人とおぼしき大人しそうな男子が、お茶を運んできた。話が聞こえていたのだろうか、彼はテーブルにお茶を並べながら云う。

「会長、もうちょっと世間話とか覚えた方がいいですよ。必要最低限のことしか云わないじゃないですか。今のだって、彼が『はい、わかりました』って答えたら会話が終わってますよ？　せっかくお茶を淹れたのに」

「無駄って嫌いなんだよね」

「その無駄が人生の醍醐味なんじゃないですか」

「ははっ、おじいさんみたいなこと云うね」

暁雨は笑ってお茶をすすると、男子を手振りで追い払い、それから勇輝を見据えて眼鏡の奥の瞳を弓のように細めた。

「……社交ダンスはね、貴煌帝学院の生徒にとってはテーブルマナーと同じくらい、できて当然のことなんだ。中等部のときに授業でワルツを習ったし、そうでなくても各家庭でパーティに出席する機会があるからね。天光院さんもそうだろう？」

「はい、習いました」

「お嬢様は完璧です」

純奈と千影に相槌を打ち、暁雨は勇輝に視線を返した。

「でも君は違う。外部生で庶民。なるほど、趣味で社交ダンスをやってたというのでもない限り、ワルツの経験はないだろう」

そう、勇輝も中学のときに体育の授業でダンスを習ったが、ワルツではなかった。それ以外では夏祭りに盆踊りをちょっと嗜んだだけで、まともなダンスの経験はない。

「でもそれって、ここまで来ておいて云う話なのかな？」

「う……」

暁雨の辛辣な指摘に勇輝は息を呑んだ。

そんな勇輝を笑った暁雨は、お茶を一気に飲み干すと、湯呑みを、音を立ててテーブルに置いた。

「……君は私になにを期待してるの？　自分から立候補しておいて、上手くできなかったら許してほしい、ってこと？　まさかそんなわけないよね。期待に応える自信と責任感があるから、今ここにいるんだよね？」

そうだ。暁雨の云う通りだ。純奈の願いを叶えるためにここまで来た。暁雨が簡単にオーケーを出してくれたから戸惑ってしまったが、自分から云い出しておいて尻込みするような男は、もはや男ではない。

撃鉄の起こされるような目覚めが、勇輝のなかであった。

さらには、勇輝の隣で純奈が云った。

「はい、勇輝君ならできます。受験のときだって、骨折していたのに首席で合格したんです。今度だって、きっとダンスパーティの当日までにはワルツを完璧に習得してくれます。ねえ、勇輝君？」

「……もちろん！　俺は、やってみせる！」

勇輝はそう宣言すると立ち上がり、暁雨に向かって右手を差し出した。暁雨もまた飛び上がるように立ち上がって勇輝と勢いよく握手を交わした。

「オッケー、決まりだ。信じて任せた！　よろしくね、イケメン！」

「はい！」

もはや勇輝は一個の火の玉のようであり、そんな勇輝を純奈はきらきらした目をして見つめている。

……。

生徒会室を出たところで冷静になった勇輝は、さすがに大見得を切りすぎたかと思っていた。だがもう、やるしかない。

——俺ならできる。

勇輝がそう自分に云い聞かせていると、千影が怪しむように訊ねてきた。

「……ダンスパーティまで三週間もありません。本当に大丈夫ですか？」

「俺の体育の成績は5だ」

勇輝の答えに、千影は眩暈を感じたようにこめかみのあたりを押さえた。それを見て純奈がくすくす笑っている。

「もちろん私が勇輝君のワルツの練習に付き合います」

「しかし学校の勉強もおろそかにできませんし、お嬢様とのデートの予定もあったでしょう。そこへワルツの練習まで入れるとなると、キャパシティを超えるのでは？」

「がんばって覚えるから、おまえも全力で協力してくれ」

勇輝はそう云って、千影に眼差しを据えた。

「おまえの力が必要だ」

「……まあ、仕方ありません。あなたが下手を打てば、恥を掻くのはお嬢様ですからね。スパルタで行きますよ？」

「おう、早速練習だ！」

勇輝が天に向かって拳を突きあげると、そこに小さな拳が添えられた。純奈だ。驚いて見ると、笑顔の純奈と目が合った。

「一緒にがんばりましょう」

「……うん！」

ファーストダンスをあなたと。

それは勇輝にとっても同じ気持ちであった。

〔番外〕千影のお嬢様レポート6

その晩、千影はいつものように純奈の部屋を訪れていた。

テーブルとセットになっている椅子に寝間着姿の純奈が座り、千影がお茶の支度をしている。寝つきのよくなるハーブティーを淹れたところで、純奈が千影を見上げてきた。

「千影も一緒にどうですか？」

「いえ、それは……」

千影は言葉を濁した。一年前ならにべもなく断っていただろうが、最近は断り切れない自分がいる。純奈の透き通った目を見ていると、それを曇らせるのが厭なのだ。

さらには駄目押しとばかりに、純奈が傍らに置いてあった冒険ノートを開いて差し出してきた。そのページにはこう書かれていた。

――私も千影と友達になりたいです。

去年の春、純奈が勇輝に書いて見せたものだ。それを勇輝が忘れていなかったことを千影が知ったのは、受験の日のことだった。

――私はお嬢様のメイドであって友達じゃないなんて、もう云わないでくれ。

あのときの勇輝の言葉は、千影の心の深いところで今も反響を繰り返している。

千影は一つ深呼吸して云った。

「では、お言葉に甘えて」

千影がそう云うと、純奈は嬉しそうに微笑んだ。

それから千影は予備のカップに自分で自分のお茶を淹れると、純奈と向かい合って座った。最初は他愛ない話をしたが、すぐに勇輝のことが二人の口にのぼった。

「千影から見て、勇輝君のワルツはどうでしたか？」

「筋はいいと思いましたよ」

今日の放課後、生徒会室を出たあと、千影たちは教師に掛け合って空き教室を一つ使わせてもらい、そこで勇輝にワルツの指導をした。

ワルツは『強・弱・弱』の拍子が繰り返される三拍子の音楽が使われ、それに合わせたベーシック・ステップと呼ばれるいくつかの基本的なステップがある。まずはこれをひたすら反復して体に叩き込む必要があった。

そこで千影が手本を見せ、勇輝がそれを真似するというのを午後六時までやっていた。

「意外に呑み込みはよかったですね。ただ短期間でどこまで仕上がるか。家に帰ってからも一人で基礎練習をやっておくようお願いしましたが……」

「勇輝君は普段からちゃんと体を鍛えているので、きっと大丈夫ですよ」

「まあ体力はありますよね。体育は5と云ってましたし。そういえばいつだったか、公園で懸垂が何回できるかチャレンジしてましたね。あれは本当に――」

「かっこよかったですよね」

「……はい」

本当にアホでしたね。順手で懸垂が二十回できたからって、あんなにはしゃいで、なんなんですか――と千影は云いたかったのだが、純奈が幸せそうな顔をしていたので、咄嗟に本音を覆い隠した。

こほん、と咳払いして言葉を濁す。

「運動神経はいいので、真面目に練習すればなんとかなりそうな気はします」

「勇輝君なら大丈夫です」

そう云う純奈の瞳に無上の信頼を見て、千影は勇輝がすっかり純奈の心を掴んでしまったと改めて感じていた。

純奈はふふふと笑って、テーブルの上に置いてあったノートを見た。一番新しいページには、美しい字で『ファーストダンスをあなたと』と書かれている。

それを見て千影は目を細めた。

「ファーストダンス……お嬢様、この意味をわかっていて書いたのですか？」

西洋においてファーストダンスとは、結婚式で新郎新婦が披露する最初の踊りのことだ。伝統的にはワルツだが、今日ではポップスなどの流行歌が使われることも珍しくない。向こうではダンスが日本よりずっと身近で、パーティなどでも男女で踊るのが当たり前の文化になっているから、結婚式でもダンスタイムがあるのだ。

日本でもこれに憧れて結婚式にダンスを取り入れる若いカップルがちらほらいる。

果たして純奈は目を伏せ、恥ずかしそうな顔をして云った。

「だって、まだ勇輝君と恋人らしいことをしていないのです」

「……毎朝一緒に登校してるじゃないですか」

朝夕一緒に手を繋いで登下校している姿を、千影は三歩後ろから見守ってきた。ときにはお店に立ち寄って買い物をしたり、お茶をしたりすることもあった。付き合いたての初々しい高校生カップルといった感じである。

「真田勇輝と同じ学校に通うのが、お嬢様の夢だったのでしょう？」

「夢が一つ叶うと、次の夢を見てしまうものですよ」

純奈は遠くにまたたく星を見上げるような目をしている。

「……千影」

「はい」

「キスって、いつするんでしょうか?」

そのときちょうどハーブティーを口にしていた千影は、山風衆の忍者として鍛え上げられた心肺機能を全力で駆使してそれを胃の腑へと送り、むせたり咳き込んだりしなかった自分を自分で褒めながら、澄まし顔をして云う。

「結婚してからです」

「それは嘘ですね。それくらい、私でも知っています」

「いや、でもそんな、お嬢様、それは……」

千影はどうにかごまかそうとしたが、期待と不安に揺れる目をしてこちらを見つめてくる純奈にしらを切ることはできないという気持ちになって、破れかぶれのように云った。

「しょ、正直私にもわかりません。恋愛とかしたことがないので。しかしながら一般的に考えて、そういうことは真田勇輝が考えるんじゃないですか。男なんですから。いずれ向こうが準備万端整えてきますよ。ですから、お嬢様はそれを待っていればよろしい」

すると純奈はその日を意識したのか、首まで真っ赤になって頷いた。これ以上この話を続けていれば、熱を出して倒れてしまうかもしれない。

本気でそう危惧した千影は、話題を変えてこう云った。

「お嬢様、次の土曜日はデートの御予定でしたよね？」

「はい。午前中に勇輝君の通っていた中学校までサイクリングしたあと、午後から映画を見に行く約束です」

「その予定をワルツの練習に変更するお考えは……」

「ありません。デートはデートで、ちゃんとやりたいです」

静かに、しかしはっきりと純奈は云った。が、すぐにその顔が曇っていく。

「……わがままでしょうか？」

「いえ、真田勇輝ががんばればいいだけのことです。もし上達の速度が遅いようなら、私とお嬢様で厳しくレッスンするのが前向きな解決方法ではないでしょうか」

「……そうですね。ええ、千影の云う通りです」

純奈は嬉しげに頷くと、きらきらした目でクローゼットの方を見た。土曜日になにを着ていくか、早くも考えているに違いない。

それを見て千影は思った。

――真田勇輝が至らないなら、私が完璧に仕上げなければ。

そして折を見て、先ほど純奈が夢見たことについて、勇輝がどう思っているのか確かめねばならぬ。だがそれでもし、勇輝がなんらかの具体的な計画を持っているとわかったらどうしよう。止めるべきか、目を瞑るべきか。二人が口づけしているところを想像すると、第三者のはずの千影までなんだか顔が熱くなってくる。

「……千影、どうかしましたか？」

「いいえ、なんでもありません、寝ましょう。明日に差し支えます」

「そうですね。でしたら、一緒に寝ますか？」

早くもティーセットを片づけようとしていた千影は、あやうくカップを落として割るところだった。それをおくびにも出さない千影に、純奈はせがむように云う。

「千影は私のメイドであると同時に、ボディガードでもあるのでしょう？　夜中、一緒にいてもいいと思います」

天光院の御屋敷にいて、いったいなんの危険があるのか。そうは思ったが、純奈があんまり一心にこちらを見つめてくるので、千影は自分の敗北を悟っていた。

「……今夜だけですよ？」

「はい！」

明るく返事をする純奈の顔は、月よりも輝いていた。

第二話　箱入りお嬢様は自転車デートがしたい

土曜日の朝、早起きした勇輝はまず朝の支度や家事を済ませ、それから一息つくと携帯デバイスをインターネットに繋いでワルツの講座の動画を見た。

基本的なステップを覚えるのはもちろんだが、その先のことも早め早めに学んでおかねばならない。朝のすっきりした頭で予習と復習をした勇輝は、

「よし、やるか」

そう自分に号令をかけ、店の入り口を開けて外に出た。店先のスペースは自転車を並べておくための場所だが、開店前のこの時間はがらんとしていて、運動するのにちょうどいい。勇輝はそこで、いくつかのベーシック・ステップに挑んだ。

ワルツをやると決めてからというもの、毎朝毎晩ここでひたすら練習した。通りかかった人の目も気にならない。カウントを口ずさみながら無心になって踊る。東の空にかかった太陽が、角度をつけるにつれて肌を熱く焦がしていく。

突然、拍手の音がした。いつかもこんなことがあったと思って振り返ると、メイド服を

着た千影が立っていた。そしてその隣には、春らしい色合いのスポーティな服装をした恋人の姿がある。

「純奈さん！」

「おはようございます、勇輝君」

純奈が弾むような足取りで勇輝の前まで駆けてくると、二人は朝日のなかで両手を繋いで一日の始まりを喜び合った。

そこへ千影がやってきて云う。

「おはようございます。どうやら基本的なステップは完全にマスターしたようですね」

「お、おはよう。でもどうしたんだ？　待ち合わせの時間には早すぎないか？」

今日は純奈とデートの予定だったが、こんな朝早くに合流するはずではなかった。

「朝練しているという話は聞いていましたから、抜き打ちで様子を見に来たんですよ。あんまり遅れているようならデートの取りやめもあるかと思いましたが、杞憂でした」

「さすが勇輝君ですね。ちゃんとできていましたよ、ワルツのステップ」

純奈が勇輝を尊敬のまなざしで見上げてくる。勇輝はたちまち気をよくして笑った。

「せっかくのデートなのに、心のどこかでワルツの練習をしなくちゃ……なんて思っていたら台無しだからね。ここまでは完璧にしておきたかった」

すると純奈は感激したように勇輝に抱き着いてきた。勇輝の心は一瞬でとろけた。

そうして、どれだけ経ったろうか。

「そろそろいいですか？　密着は三秒までです。とっくに超過してますよ？」

「その三秒ルール、まだ生きてたのか……」

勇輝は苦笑したが、こうして千影が割り込んでくれなければ、時間を忘れていつまでも抱き合っていただろう。勇輝は助かったと思いつつ純奈から離れた。

物足りなそうな顔をしている純奈の背中に手をあてた千影が、勇輝に向かって云う。

「この際ですから、次のステップに進みましょうか。ホールドの張り方はわかりますか？」

「ああ、調べたよ」

云われたことだけやっているようでは、先はない。

「ワルツをする男女が手を取り合って組み合うことだろ？　踊ってるあいだ、ずっとホールドを張ってるってわけでもないけど――」

男性が女性の腰に手を添えて一緒にステップを踏んだり、女性をくるりと一回転させたりといった場合もあるが、もっとも重要な場面では男女がお互いの体で一つの輪を作るようにホールドを張る。しかし動きながらのことだから、二人の息が合わなければすぐに崩れてしまうと云う。

「俺みたいな初心者がホールドを維持するのは、大変そうだな」

「はい。いくらステップが踏めても、二人が離れてしまっては台無しですからね。というわけで、準備がよろしければ、まずは私とやってみましょう」

「おまえと？」

「いきなりお嬢様のお相手をさせて、お嬢様に怪我でもさせたら一大事ですからね。当面は私がお相手します」

　そう云った千影の肩に、純奈の手が置かれた。

「いいえ、千影。そのような気遣いは無用です。勇輝君の相手は私がします」

「ですが、お嬢様……」

「大丈夫です。転んだりしません」

「本番では純奈さんと踊るんだし、最初から純奈さんと練習した方がいいだろ」

　二人にそう云われた千影はたっぷり十秒思案したのちに、勇輝を指差してきた。

「お嬢様の足を踏んだら、私があなたの足を踏みます」

「……気をつけるよ」

　そう返事をした勇輝の前に、改めて純奈が立った。勇輝がその美しい顔に意識を吸い込まれそうになっていると、純奈が軽く胸を張って云う。

「それではまず、体を合わせてみましょうか」

「というと？」

「軽く胸を張って、お腹とお腹をくっつけるようにして」

　純奈の指示した通りに、勇輝は胸を張ったり、背筋を伸ばしたりしたが、これに意味があるのかどうかはわからない。さらには千影が勇輝たちの周りをぐるぐる歩きながら、二人のバランスをチェックしている。

「身長や体格によってパートナーとの適切な距離というものが変わってきます。二人にとってのいい距離を掴んでください。もっと背筋を伸ばして。誰が背伸びをしろと云いましたか。肩の力を抜いて。お嬢様とくっついているからといって、余計なことを考えない」

　千影が勇輝のなにもかもを見透かしているかのように、次から次へと指示を飛ばしてくる。勇輝はそれになんとか応えて先へ進んだ。純奈が右手を、勇輝に向けて出してくる。

「それでは勇輝君も手を出してください」

「うん……」

　勇輝は、純奈の右手に左手を重ねた。指を絡ませ合った二人の腕が、鶴の首のように横へ伸びていく。一方、勇輝の右手は純奈の腰に、純奈の左手は勇輝の上腕に回される。

　こうしてホールドを張ってみると、時間をかけただけあって、とてもしっくり来た。まるで最初からこういう風に生まれてきたみたいだった。

純奈もまた夢見るように勇輝を見上げている。春の太陽と風が、自分たちをどこかへ連れ去ろうとしているかのようだった。

「いい感じですね」

千影の言葉で、勇輝ははっと我に返って、照れ隠しのように云った。

「見てわかるものなのか？」

「そう感じただけですよ。あとはこのかたちを保ったままステップを踏めるかどうか。初心者は大概、変なところに力が入って、すぐに疲れたり体の節々が痛くなったりするものですが、あなたはどうでしょうか？」

「がんばるさ」

「それでは、ナチュラルターンからやってみましょうか。カウントを始めます。お嬢様、よろしいでしょうか？」

「はい。いつでもどうぞ」

そうして、千影がゆったりとした三拍子の手拍子とともに「ワン、ツー、スリー」と声を張り上げ、それに合わせて勇輝たちはステップを踏んだ。最初はぎこちなかったけれど、五分、十分と時間が流れ、汗が流れるたびに、二人のワルツは優雅なものへと変貌を遂げていった。

　ナチュラルターンからリバースターン、リバースターンからクローズドチェンジと、ステップの種類が変わっても、足運びが乱れない。

　この数日で覚えたすべてのステップをこなしたところで、千影が「ストップ」と声をかけてきた。勇輝は純奈とのホールドを解いて一息ついた。

　純奈の勇輝を見る目は、深い驚きに満ちていた。

「勇輝君、凄い！　初心者とは思えません」

「鍛えてたからね」

「たしかに軸がぶれない。体幹までしっかり鍛えていますね。これなら思ったより早く踊れるようになるかも……」

「千影、次は音楽でやってみましょう」

　はい、と返事をして、千影は自分の携帯デバイスを取り出すと、どうやら音楽系のサイトに接続した。ワルツの曲をかけるつもりらしい。

　勇輝がじっと見ていると、千影は問わず語りに云った。

「手拍子のカウントで踊るのと、実際に音楽をかけて踊るのとでは勝手が違います。リズムを掴みにくいからですが……」

「それなら自信がある。音楽をやってたからな」

そう云った一瞬、過去の思い出が蘇り、勇輝はスポットライトと音楽と歓声に包まれていた。女にモテたいという理由でギターを手にした和人、やんちゃだったドラムの毛利君、メンバー最年長者で頼れるベースのダテニキこと伊達さん、そしてアメリカからやってきた我らが歌姫──五人でステージから見た光景は、忘れがたい人生の宝物だ。

「──なにを笑っているんですか、真田勇輝？」

「いや、ちょっと思い出し笑い。ごめんごめん、真面目にやるよ」

勇輝は思い出に蓋をし、口元を引き締めると、改めて純奈とホールドを張った。そして千影の手元から、ワルツの音楽が溢れだした。


……。


音楽をかけてのワルツもそつなくこなした勇輝は、純奈と離れて一息ついた。それを見た千影は、携帯デバイスからの音楽を止めるのも忘れて驚いているようだった。

「……実に驚くべきことです。ワルツの形になっている」

「純奈さんが上手くリードしてくれたからさ」

勇輝にそうボールを投げられた純奈だが、ゆっくりとかぶりを振った。

「いえ、勇輝君がちゃんと練習したからです。それにもしかしたら、才能があるのかも」

「……実際、音楽の経験がものを云ったのかもしれません。リズム感がありますよ」

「ま、これでも俺は小さいころ、ピアニストとして将来有望だって先生にも褒められていたからね。クラシック一筋でやってたら、それなりだったかもな」

うんうんと頷いた勇輝が、真顔に戻って云う。

「それで抜き打ちチェックの結果はどうだ？」

「……合格です。この分なら、予定通りにデートをしてもよいでしょう。というわけで休んでください。映画は午後からで、午前中は自転車を使うんですよね？」

「まだ平気だけど……」

自転車で見に行くのは勇輝の通っていた中学校だ。つまり近所である。多少脚が疲れていたところでなんの問題もない。勇輝はそう思ったが、純奈もまた心配そうな顔をした。

「あまり無理はしない方がいいですよ。怪我をしたら元も子もありません」

「……そうだね」

骨折したときの苦い経験を思い出し、休むことも大事かと思って勇輝は頷いた。そのときだった。

「勇輝、さっきからなに騒いでるんだい？」

開けたままの店の扉から、シャツ一枚にジーンズ姿の千華がふらりと姿を現した。純奈と千影がたちまち背筋を伸ばして千華に向き直る。

「おはようございます、勇輝君のお母様。純奈です」

「朝早くからお騒がせして申し訳ありません」

二人にそう挨拶(あいさつ)され、千華は一瞬(いっしゅん)凍(こお)りついたあと、

「……ぴゃあっ！」

勇輝が今までに聞いたこともないような変な声をあげて、その場に尻餅(しりもち)をついた。

「またですか、お母さん。初対面じゃないんですから、そんなに驚かなくても……」

勇輝は急いで千華に駆け寄ると、彼女(かのじょ)を引っ張り起こした。勢い、千華は勇輝に組みついてくると、腰を抜かした恥ずかしさをごまかすように云う。

「急に連れて来るのはやめておくれと云ったろう！」

「すみません。でもこんな朝早くに突然来たのは、俺も予想外のことだったんですよ」

すると千華は舌打ちを一つして、まだきちんとしていない髪(かみ)を掻(か)き上げた。やがて気持ちの整理をつけたようにため息をついた千華は、やっと純奈たちに顔を向けた。

「……あんたら、朝飯は食べたのかい？」

「お嬢様も私も、バナナを一本食べました」

千影の答えに、千華が微笑(びしょう)する。

「それじゃ全然足りないだろ。食っていきなよ」

「はい！　ありがとうございます！」

はじけるような笑顔でそう礼を云った純奈に、千華はどこか気後れしたように云う。

「いや、そんなに嬉しそうにされても……云っておくけど、うちの朝飯なんか、お嬢様の口には合わないかもしれないよ？」

「いいえ、どんなものでもありがたくいただきなさいと、父に教育されています。それに勇輝君と朝食をご一緒する機会なんてほとんどありませんでしたから、嬉しいです」

「そ、そうかい。なら上がっていきなよ。勇輝、あとは任せたよ？」

「はい」

勇輝はそう返事をすると、純奈たちを連れて家に入った。

……。

台所には、勇輝と千影が立った。千華はまだ身支度が終わっていないし、純奈は居間に残してある。それにもとから朝食の支度はだいたい勇輝の仕事だ。

「本当は昨日の晩飯の残り物とインスタントの味噌汁でぱぱっと済ませるつもりだったんだけどな。純奈さんがいるから、一品くらいは頑張るぞ」

勇輝はそう云って冷蔵庫を覗いたが、なんでも揃っているわけではない。米と煮物は昨日の残り物でいいとして、あとはどうするか。

「味噌汁と玉子焼き、作るか」

勇輝は鍋を火にかけ、ほうれん草を切って下茹でを始め、次に豆腐と油揚げにかかった。豆腐を切るときの素早く的確な包丁さばきに、千影が目を瞠る。

「手慣れたものですね」

「母子家庭だからな。俺が炊事洗濯と一通りのことができなかったら、家が回らないよ。ところでおまえはなぜここに？」

「お嬢様の口に入るものですから、一応」

「あ、そう」

心配しなくても変なものなど入れはしないが、それならば遊ばせておく手はない。

「じゃあ玉子焼きの方、よろしく」

「はい」

そうして狭い台所に二人で肩を並べて立ち、手を動かしていると千影が云った。

「真田勇輝、一つ訊いてもいいですか？」

「なに？」

「あなた、お嬢様とキスしたいとか思ったりするんですか？」

勇輝はあやうく包丁で自分の指を切り落とすところであった。本気で冷や汗を掻きながら、怪我しなくてよかったと思いつつ千影を睨む。

「いきなり、なんだ。包丁を使ってるときに驚かせるな」

大きな声で叫ばなかったのは純奈を憚ったからだが、千影は真剣そのものである。

「重要なことなので、確認しておきたいのです。あなたたち、恋人になったじゃないですか。具体的にどういうことを企んでいるのか、知っておきたくて」

「企みって……」

勇輝は深呼吸すると、調理を再開した。そのまま無言で包丁を動かしていたが、横からずっと千影の視線を感じる。もう黙っていることはできない。

「……色んなところに行って、色んなことをして、抱きしめたり、キスしたり、できたらいいなって思うよ。でも具体的な計画なんて持ってない。ただそういう雰囲気になったら、俺は間違いなくする。自分を止められる自信がない」

「では私がグーで止めます」

勇輝の鼻先に千影の握り拳が突きつけられて、勇輝は思わず息を呑んだ。千影がくすりと笑って手を下ろす。

「……冗談ですよ。ただし、時と場合と、あなたがどこまでやるかによりますが。入学式のときみたいに、みんなが見ている前で堂々と──なんてことは、やめてくださいね？」

「別に俺は、人に見られていても気にしないけど？」

するとも千影がまたしても拳を振りかぶったので、勇輝は慌てて包丁を組板に置いた。

「わかった、わかったから。包丁を使ってるときに、やめてくれ」

「わかってなかったら、グーパンチですよ？」

「ああ、わかった」

勇輝は強い調子でそう云うと、気持ちを切り替えて料理に取り掛かった。そして味噌汁がほぼ完成したとき、千影の方も厚焼き玉子の仕上げにかかっていた。

「……でもあれだよな。ダンスパーティの伝説が本当なら、そういう雰囲気になるかもな」

「オープニングでワルツを踊った二人は永遠に結ばれる……あの伝説を聞いてから、お嬢様の様子が少しおかしいのです」

「そうか。俺もちょっとおかしい」

千影は返事をしなかった。ガスコンロの火の音がし、味噌汁が煮えていく香りがする。

「もしワルツが上手くいって、パーティが成功したら……」

その先は言葉にできなかった。言葉にしたら、上手くいかなくなるような気がしたのだ。

だがやがて千影が、その先を訊ねてきた。

「成功したら、なんです？」

「……そのときは、グーパンチは勘弁してくれるか？」

「状況次第ですね」

千影は笑いを含んだ声でそう云うと、厚焼き玉子を美しく仕上げた。

◇

朝食のあと、勇輝と純奈は自転車に跨がってサイクリングに出かけた。行き先は勇輝が三月まで通っていた中学校である。

――一目でいいですから、勇輝君が通っていた学校を見たいです。

そんな純奈の願いを聞き入れてのことだった。勇輝と純奈は自転車でゆっくりと進んでいる。歩く人に比べればさすがに速いが、走っている人よりは遅いくらいだ。

その後ろを、小四郎の運転する車がついてきていた。千影は助手席だ。

「この辺りを君と一緒にぶらつくのって、あんまりなかったよね」

勇輝と純奈の関係は周囲には秘密にしておくというのが、これまでの方針だった。そのため勇輝の普段の生活圏内で二人が会うことはほとんどなかった。学校の友達に見られて、その人は誰かと問われるリスクを考えたのである。

しかし純奈と正式にお付き合いすることになって、その辺りは大幅に緩和された。インターネットへ写真や動画をむやみに投稿することは相変わらず禁じられているが、関係を伏せておくようにとの指示はもうない。

「ところでその自転車、大丈夫？　乗りづらくない？」

「いえ、きちんと整備されていて、むしろ私の自転車より快適なくらいです。さすがは勇輝君のお母様の自転車ですね」

「それならよかった」

距離の短いご近所サイクリングということもあり、自転車は千華のものを借りたのだ。

ところで勇輝はただ最短距離で中学校を目指していたのではない。自分の子供のころから知っている街を、あちこち指差して純奈に教えている。

ここのお店が好きだった、ここにはこんな人が住んでいた、ここで千華におもちゃを買ってもらった……そんな思い出を、純奈は実に楽しそうに聞いてくれている。

それに感動した勇輝は、赤信号で止まっているときにこう云った。

「せっかくなら、いきなり中学に行かずに、幼稚園から回ってみるかい？」

「それは素晴らしい考えです！」

純奈がそう大きな声をあげたので、車の助手席の窓が開いて千影が顔を出した。ちなみに車は右ハンドルである。高級車は左ハンドルのイメージがあるが、日本では右ハンドルの方が圧倒的に使いやすいらしい。冗談抜きで、純奈の警護に支障が出るというのだ。

「お嬢様、どうかされましたか？」

その千影に、勇輝が答えた。

「予定変更！　幼稚園から回る！」

「はあ？」

「幼稚園、小学校、中学校ってこと！　純奈さんが見たいって云うんだ。いいだろ？」

「……急に予定を変更するのはやめていただきたいのですが。こちらは事前に地図などちゃんと確認して、緊急時対応まで想定して来ているんですよ？」

そのとき信号が青に変わり、純奈が自転車を前に進めながら伸びやかな声を放った。

「千影！　そういう意地悪を云うと、私、勇輝君と自転車で先に行っちゃいますよ？」

そして純奈は立ち漕ぎを始めた。千影が目を丸くし、勇輝が驚いて追いかける。

春の風のなか、純奈は自転車を漕いで楽しそうだった。

……。

そのあとは勇輝と純奈の願い通り、幼稚園、小学校、中学校の順で見て回った。中学校には入れないかと思ったが、土曜日で部活をやっていた生徒のなかに一人、勇輝が可愛(かわい)がっていた後輩(こうはい)がおり、お世話になった先生もいてなかに入れてもらえた。

顔見知りの後輩たちが、「真田先輩(せんぱい)の彼女だ！」とわらわら集まってきて、千影などは殺気立っていたが、純奈は楽しそうに勇輝の中学時代の話を聞いていた。

昼食を挟(はさ)んで、午後になると映画を見た。

映画自体も面白(おもしろ)かったが、笑ったり泣いたりした場所が一致(いっち)することが、映画そのものより何倍も嬉(うれ)しかった。

夕方に買い物をして、夜には純奈の案内で普段は行かないようなお店に連れていってもらって、明日もまたデートしようと約束をして別れた。

幸せな土曜日が終わり、そしてまた次の音楽(ワルツ)が始まる。

真田勇輝、あいつ、ダンスパーティが成功したらそれにかこつけてお嬢様とキスする気ですよ！

と、千影は純奈に云いつけてやりたかったが、それをすると純奈がおかしくなってしまうのが目に見えていたので我慢（がまん）していた。

そんなある日のことである。

勇輝は教室で、さっきの数学の授業の問題について男子たちとあれこれ議論を交（か）わしていた。そんな勇輝を、少し離れたところから純奈が見つめており、さらには千影が純奈を見守っている。

だがこのときは、純奈にもう一人、別の人物の視線が注がれていた。阿弥寧（あやね）だ。なぜ彼女が純奈を観察しているのか、気になって近づいていくと、阿弥寧が千影を見て云った。

「山吹（やまぶき）さん、見てあれ」

云われた通りに見ると、勇輝が別の男子と話をするために移動していた。すると純奈もそのあとをついていく。さっきからずっとこうだ。勇輝のあとを純奈がついて回っている。

「純奈様さ、勇輝君のことずっと見てて、勇輝君が移動すると、そのあとをついてってるのよ。まさに片時も離れずって感じ。あれは純奈様、マジだね」

「……そうですね」

それは千影も気づいていた。勇輝が教室のなかを、あるいは学校のなかを歩き回ると、そのあとを純奈が黙ってついていくことが多いのだ。

「変わったよね、純奈様。前はもっと冷たい感じで怖かったけど、今はなんか可愛いの」

「たしかに」

純奈を取り巻くクラスメイトたちの態度が変わったのは勇輝が来てからだが、純奈自身の人に与える印象がだいぶ変わったのも大きい。

「それにしても勇輝君、純奈様に気づいてないね」

そう、さっきから勇輝は男友達と話すのに夢中で、純奈がぴったりくっついてきていることなどまるで気づかない。

千影としては少しばかり忌々しいことだった。

——振り返りなさい、真田勇輝。そしてお嬢様が見守っていることに気付くのです。

しかしそんな千影の想いは、天に届かなかった。勇輝のところに善信がやってきて、その肩を叩く。

「勇輝、トイレ行こうぜ」

「えっ？　ああ、いいよ」

そうして二人は教室を出ていってしまった。それを見送った阿弥寧が云う。

「男同士でも一緒にトイレに行くんだね。ああいうのって、女子だけかと思ってた」

「あれは柿沼さんが特殊なんじゃないですか？」

そんな話をしていると、視界の隅で純奈が勇輝のあとについて教室を出ていくのが見えた。それをなんとなく見送った千影は、はっとして教室を飛び出した。

「お嬢様、お待ちを！　どこまでついていくおつもりですか！　お嬢様！」

千影が純奈を男子トイレの手前で捕まえたのは、間もなくのことだ。

第三話　それぞれのワルツ

今日も今日とて、勇輝たちは空き教室を借りてワルツの練習をしていた。今日は千影がタブレットを持ってきてくれており、それで音楽をかけて踊っている。

「楽しそうですね、勇輝君」

「うん。上手くなってきたと感じる今が、一番楽しい」

最初に基本的なステップを練習しているときは無心であったが、こうして音楽に乗って踊れるようになると、そこには原始的な喜びがあった。しかも相手をしてくれているのは純奈なのだ。彼女と二人、手と手を取り合い、息を合わせて美しい音楽に身を任せる。

——こんなに幸せなことはない。

勇輝がうっとりしていると、千影が冷や水を浴びせるように云った。

「云っておきますが、傍から見たら優雅には程遠いですよ？　お嬢様が上手くリードしているからいいようなものの」

「わかってる」

「でも千影。私は、勇輝君には才能があると思っています。そうでなければたった数日でここまで上達しません」

「それはそうですが、今のままでは理想には程遠いですよ」

そう云われて、勇輝はちょっと足を止めた。最低限、かたちになっていれば恰好はつくだろう。だが下手なワルツを披露すれば、恥を掻くのは純奈だ。

——あってはならないだろう、そんなこと。

その気負いが伝わったのか、純奈は勇輝の上腕に添えていた手で、勇輝の心を宥めるように優しくさすった。

「勇輝君、大丈夫。まだ時間はありますよ」

「純奈さん……」

体をくっつけているせいか、まるでテレパシーのように純奈は勇輝の心を読み取ったようだ。それが嬉しく、面映ゆく、勇輝は思わず自分の額を純奈の額にくっつけていた。言葉では伝えきれないものを、伝えられたらいいのにと思いながら。

そうして気持ちを整理すると、勇輝はくっつけていた額を離して笑った。

「よし、もう一度だ。がんばろう」

そう云っても、純奈は一切反応しなかった。見れば千影も目を丸くして固まっている。

――うん？

二人の様子がおかしい。なにかあったのかと思ったが、先ほどの自分の行為が原因だとすぐに気がついた。額をくっつけたかっただけだが、顔と顔の距離が近すぎた。下手をすれば唇が触れあってもおかしくないほどに。

――やばい。

遅まきながら勇輝は自分が際どいことをしてしまったのに気づいて、みるみる顔を赤くしてしまった。純奈の顔も、たちまち林檎のようになる。

「勇輝君……」

純奈がそう目を潤ませながら声をあげたとき、ノックの音がした。

勇輝と純奈ははっとして、急いでワルツを再開した。タブレットからはワルツの音楽が今も絶え間なく流れ続けている。

千影が応対に出て、教室の扉を開けると、暁雨が顔を覗かせた。

「ごめんください。ここで練習してるって聞いたけど……」

そう控えめな声とともに教室のなかを覗いた暁雨が、勇輝たちを見て素早く云う。

「いや、そのまま続けて。君たちのワルツを見たい」

そう云うので、勇輝たちは踊り続けたが、先ほどの動揺がまだ治まらない。一方、静かに教室に入ってきた暁雨のあとに続いて、長身の貴公子が姿を現した。

――レオ！

貴煌帝学院の御曹司・御剣レオがなぜここに？

勇輝はそう思ったけれど、ひとまずワルツを続行し、曲が終わるまで踊り続けた。

一曲終わると千影がタブレットの音楽を止め、勇輝はレオの前まで行った。

「やあ、御剣君！　このあいだはありがとうね」

「……不格好なワルツだったな」

「いや、君たちが来る直前にアクシデントがあって、普通じゃなかったんだ……」

さっきの額のくっつけあいを思い出すと、勇輝は鼓動が高まったし、純奈は恥ずかしそうに俯いた。しかしそんな二人の心情が、レオにわかろうはずもない。

「云い訳は見苦しいぞ」

そう切り捨てたレオが、暁雨に向き直る。

「会長、やはり駄目です。僕は認められない。彼らにオープニングのワルツを任せることはできません」

突然の雨が襲ってくるような展開に、勇輝は思わず目を丸くした。レオはいったい、どういうつもりなのだろう？

にわかに不穏な空気が漂い始めたところへ、暁雨がとりなすように云う。

「えっとね、彼はダンスパーティの実行委員の一人なんだけど、君たちにオープニングのワルツを任せることにしたと伝えたら、二人の実力を見たいと云うんだ。そこでこうして連れてきたわけなんだけど」

「僕はダンスパーティの実行委員として、イベントを成功させる義務がある。そして君たちのワルツをこの目で見て決めた。オープニングのワルツは辞退してくれ。任せられない」

勇輝はたちまち燃え上がった。

「俺たちに任せたら失敗するって？　きっと完璧にやってみせる。信じてくれ」

「信じようにも実績がない。君は今までワルツを踊った経験があるのか？」

「ない。だからこうして練習している」

「本番までに間に合うのか？　内部生は全員、中等部のときに社交ダンスのレッスンを受けている。内部生ならワルツは踊れるんだ。それなのにわざわざ未経験者の外部生を選ぶ意味がわからない」

そこで言葉を切ったレオは、矛先を暁雨に向けた。

「あなたもあなたですよ、会長。なぜ彼らの申し出を受けたのです？」

「本人たちがやるって云うんだから、信じて任せたまでさ。あと二人が恋人同士だから。

ここが一番問題なんだよ。レオだって例の伝説は知ってるでしょ？　毎年『結婚おめでとう！』なんて冷やかしを受けるから、踊ってくれる二人を探すのに苦労するんだって」

晩雨は両手を広げて微笑みながら云ったが、レオがにこりともしないので、ばつの悪そうに頭を掻いた。

「……でも君の意見にも一理ある。わかった、じゃあこうしよう。一週間後に勇輝君たちをテストして、オープニングを任せられるかどうか決める。そしてそのときはレオ、君も踊ってみせてくれ」

「僕が？」

「ダンスパーティを成功させたいんでしょ、王子様？　なら他人任せにしないで、自分がお姫様と踊りなよ。どちらか上手な方を採用しよう」

「しかし僕にはパートナーが……」

レオはそう云いながら空中に視線をさまよわせた。その視線が純奈に止まったのと、純奈が勇輝に身を寄せるのは同時だった。

「勇輝君以外とは踊りませんよ？」

そして勇輝も、純奈を自分以外と踊らせる気はない。勇輝が純奈を守るようにその腰に手を回し、さらには晩雨がレオを指差して云う。

「一度決まった話をひっくり返そうと云うんなら、オープニングのワルツは君が責任を持って引き受けてよ。一週間でパートナーを探し、誰より優れたワルツを見せてほしい」

そう云われては、レオとしてもあとには引けまい。自分で云い出したことだ。

「……いいでしょう。真田勇輝、君も異存ないな？」

「いや、あるかないかで云えば、あるに決まってるが――」

純奈と一緒に踊るつもりで練習していたのに、いきなり横槍を入れてきて、勝手なことをと思う。しかしその理由が、勇輝たちのワルツの完成度が低いからと云うのであれば、勇輝としても逃げるわけにはいかなかった。

「……あるに決まってるが、いいぜ。正々堂々、実力で黙らせてやる」

そう啖呵を切ってしまってから、勇輝は純奈に顔を振り向けた。

「って、決めてしまったけど、いいかな」

すると純奈は微笑んで勇輝の胸に手をあて、レオに向かって云った。

「御剣さん。私と勇輝君のワルツが優れていれば、問題はないのですよね？」

「むろんだ」

「それならばお受けします。私と勇輝君なら絶対できると思いますし、なにより、伝説は譲りたくありません」

するとレオが意外そうに目を瞠った。

「君はロマンチストなのだな……まあ、いいさ。勝負を受けてくれるなら」

話がそう決まると、レオは早々と踵を返した。

「では一週間後に」

そう云い残して、足早に教室を去っていったレオを見送って、千影が云う。

「さて、困ったことになりましたね」

そんな千影の肩に、暁雨が気やすい調子で手を置いた。

「大丈夫。レオは人間関係に難があるから、そう簡単にはパートナーを見つけられないよ。いつもプリンスオーラ全開でツンツンしてるし、正義感が強い分、口うるさくて煙たがられてるからね。伝説のこともあるし、彼と踊ってもいいなんて女子はいないでしょ」

だからたぶん不戦敗さ、と爽やかに笑う暁雨に、勇輝は疑わしそうな目を向けた。

「そんなことありますか？　あのルックスなら女の子にはもてるでしょ？」

「いや、彼は美しすぎる！　並の女子より美人だからね。そこがまた厭なんだよ。私、彼を最初に見たとき絶対に男装の麗人だと思って、胸があるか触って確かめたもん。でもなかった！　男なんだよ！　なのに美人！　横に立つ女の子は、つらいよ？」

——そういうものかな。

勇輝には、まったく理解できない感覚だ。それにしてもレオがパートナーを見つけられないとしたら、胸にもやもやとした雲が広がっていくのを感じる。

「でもそれならそれで、御剣君の不戦敗を見越して勝負の提案をするなんて、なんかずるくないですか？　そんなかたちで勝利を譲られても嬉しくないんですけど」

勇輝がそう云うと、暁雨は目を丸くした。眼鏡がちょっとずり落ちたくらいだ。

「き、君たちの掩護射撃をしてあげたつもりだったのに」

「私と勇輝君なら正々堂々オープニングワルツを勝ち取ってみせます」

純奈にまでそう云われて、暁雨は絶句したようだ。しかし勇輝は嬉しかった。

「うん。俺も同じ気持ちだ。一緒にがんばろう。そしてもし御剣君がパートナーを見つけられなくても、一週間後に彼の前で、彼を納得させるだけのワルツを踊ってやろうよ」

「はい！」

純奈は瞳を輝かせて、勇輝の手を取りふたたび教室の中央へ向かった。なにも云われずとも千影が音楽をかける。休憩は終わりだ。

そしてまた、息を合わせてワルツの世界へとステップで踏み込んでいった勇輝たちを見て、暁雨が感心したように云った。

「……ラブラブだね」

「そうなんですよ」

千影は頷いて、勇輝たちのワルツを見守っている。

◇

ある日の晩、千影は魅夜(みや)の部屋で純奈の様子を報告していた。これは定期的に行われていることであり、晴臣(はるおみ)も参加している。ただし晴臣は現在海外出張中であり、タブレットを使ったリモートで話に加わっていた。

また魅夜の執事(しつじ)の松風瑠璃人(まつかぜるりひと)が、離(はな)れたところに立っている。

話題はもっぱらダンスパーティのことだった。

「ダンスパーティのオープニングでワルツを踊った二人は永遠に結ばれる……か。貴煌帝学院の一年生のダンスパーティにそんな伝説があるとは知らなかったよ」

微笑んで云った晴臣が、画面のなかで魅夜の方に顔を向けた。

「魅夜、君のときはどうだったんだい？」

「どうって？」

「君の世代でオープニングのワルツを踊ったのは……」

「……いいえ、私じゃないわ。安心した？」

「ああ、安心した」

するとと魅夜はくすりと笑って、タブレットの画面に映る晴臣の顔に指を伸ばした。

「でも心配しなくたって、伝説はただの伝説にすぎないわ。あてにならないわよ。私の代でオープニングを踊ったカップルだって、結局結ばれることはなかったもの」

「……そのカップルというのは、本当に恋人同士だったのかい？」

それとも、ただ頼まれたからカップルを組んでワルツを踊っただけなのか。だとしたら結ばれるもなにもない、と千影も思った。

果たしてその一瞬、魅夜の美しい顔に暗い陰がよぎった――ように見えたのは、千影の目の錯覚だろうか。魅夜は美しい微笑みを絶やさぬまま云う。

「女の子の方は、相手の男の子が好きだったわ。私はその子に肩入れして、二人が一緒に踊れるように取り計らってあげたの。伝説通りになればいいなと思ってね。でも、そうはならなかったのよ。もう一人、その男の子を好きな女の子がいたから……三人は三角関係になり、卒業後に彼と結婚したのは、私の応援していた子じゃなかったわ」

「そうか。まあ現実はそんなものかもしれないな」

すると、なんとなくしんみりした雰囲気になったので、晴臣は慌てて話題を変えた。

「あー、しかしレオ君は責任感が強いのだな。実に立派な若者だ」

「お嬢様たちにとっては試練ですが……」

千影がそう口を挟むと、晴臣はかぶりを振った。

「しかしオープニングのワルツは、ダンスパーティにとって重要なのだろう？　ならば実力の伴わないカップルに任せられないというのは、もっともなことだ。純奈と勇輝君はオープニングを飾るに相応しいのかどうか、きちんとテストを受けた方がいい」

それを聞いて、千影はもっともだと思った。ただ今さら純奈がワルツのテストなどを受けることになったのが悔しい。

純奈ならワルツは踊れる。問題となるのは——。

「もっとも純奈ならワルツは完璧に踊れるはずだから、問題は勇輝君だな。成否は、彼にかかっている」

晴臣のその言葉に、千影は大いに頷いた。

……。

そのあと晴臣が通信を切ると、魅夜が突然、こんなことを云った。

「ところで千影は、御剣家の内紛のことは知っているかしら？」

「内紛、でございますか？」

初耳である。千影が目を丸くしていると、魅夜は美しい声で語り始めた。

「御剣家の後継者はレオ君だけど、彼には年上のいとこがいるの。どうもそのお兄さんとのあいだに後継者争いがあるようでね、揉めてるらしいわ。そんなときに、今年のダンスパーティはレオ君が実行委員の一人として関わっているから期待してほしいという話を聞いたの……こうなった以上、レオ君としては失敗できないでしょう？」

「お嬢様たちに厳しくあたったのも、それが理由だと？」

「一因ではあるでしょう。期待させた以上、失望させたら落胆も大きい。彼の評価も下がるし、いとこのお兄さんにつけいる隙を与えてしまう。もし後継者が挿げ替えられるようなことになれば、貴煌帝学院もどうなるかわからないわね」

その口ぶりに千影は眉根を寄せた。

「そのいとこと云うのは、なにか問題のある人物なのですか？」

「とても俗物らしいわ。実際、彼からは天光院家の後ろ盾を得たいと打診があったのよ。『御剣家はこれまで天光院家の威光にはひれ伏してこなかったが、自分が当主になったら恩を返す』ってね。そうすれば天光院家は貴煌帝学院に対して影響力を持てるから、悪い話ではなかったのだけれど」

千影は静かに息を呑んだ。

「まさか、受けたのですか？」

「いいえ、断ったわ。純奈の在学中に、変な争いに巻き込まれたくなかったもの。こちらはそちらに一切関わらないから、そちらも純奈に一切関わらないようにとね」

千影はほっとした。魅夜の云う通り、純奈の在学中に御剣一族の内紛とは、まさしく触らぬ神に祟り（たた）なしだ。

「レオ君はレオ君で、生真面目（きまじめ）さや正義感の強さから融通（ゆうずう）が利（き）かなくてトラブルを起こしがちと聞くけど、そこは今後の成長に期待かしら」

ふふふと笑って、魅夜は先ほどから黙っている瑠璃人を振り返った。

「瑠璃人、純奈たちがオープニングを飾ることになった場合、当日、様子を見に行ってくれる？　もし勇輝君が純奈に恥を掻（か）かせるようなら、彼の評価を減点するわ」

「かしこまりました」

瑠璃人が恭（うやうや）しく頭を下げたのを見て、千影は心に決めた。

——真田勇輝、あなたに猛特訓（もうとっくん）を課すことが、今、私のなかで決定しました。

◇

千影が勇輝に鬼特訓をすると決めたまさにそのとき、勇輝は悪寒を感じてぶるりと震えた。ここは真田自転車の店先のスペースである。閉店に伴い、並べてあった自転車は店の中に引っ込めてしまった。そして空いた場所で、勇輝は今夜も一人ワルツのステップを練習していた。何度も繰り返し、基本的なステップを体に叩き込んでいる。歩くのと同じくらい自然に踊れるようになりたい。

――ちょっと寒くなってきたかな？

勇輝がそう思ったそのとき、千華がふらりと姿を現した。

「勇輝、あんた最近、なにやってるんだい？　毎朝毎晩、家の前で」

「ワルツの練習ですよ」

勇輝はそう云うと、耳から白いワイヤレス・イヤホンを外して千華に渡した。携帯デバイスと同期しているそのイヤホンからは、優雅な三拍子の音楽が流れている。

イヤホンを耳に当てた千華に、勇輝は胸を張って続けた。

「貴煌帝学院では高校一年生の行事として、毎年四月にダンスパーティがあるそうです。俺も純奈さんと踊るので、とにかく少しでも上達したいってわけです」

「ああ、あれか……」

得心のいった顔をして、千華はワイヤレス・イヤホンを勇輝に投げて返した。器用にそれをキャッチした勇輝は、イヤホンをポケットにしまいながら小首を傾げた。

「あれか……って、知ってたんですか？」

「うん、まあね。ほら、保護者だからさ。学校説明会とかあったし」

「なるほど、それで」

二月の終わりにオンラインで合格通知があったあと、千華は貴煌帝学院に行って入学に関する諸々の説明を受けたり、手続きをしたりというのがあったのだ。

そのときに一年間の学校行事について説明を受けていてもおかしくはない。と、勇輝が思っていると、千華が勇輝の前に立った。千華はちょっと驚いた勇輝の手を取り、お腹とお腹をくっつけるようにしたかと思うと、ワルツのホールドを張っていた。

「……お母さん？」

「ほら、ぼうっとしてないであたしの腰に手を回しなよ。あんたがどのくらい踊れるのか、あたしが見てやろう」

「ワルツ、踊れるんですか？」

「いいから、早くしな」

そう云われて、勇輝はおずおずと千華の腰の後ろに手を回した。

「それじゃあ、いくよ？」

そうして千華はワン・ツー・スリーと口頭でカウントをして、それに合わせて優雅なステップを踏み始めた。踊り始めてすぐ、勇輝は千華が練達の踊り手であることを全身で感じ取って驚愕した。着ているものこそグレーのパーカーにライトブルーのジーンズだが、その動きは流麗で、プロフェッショナルでさえあった。

千華にリードされていると、勇輝は自然に踊れてしまう。体に余分な力が入らず、まったく疲れない。やがて千華は口でのカウントをやめたが、軽やかなステップは止まらなかった。まるで踊りの神様に導かれているかのようだ。

あまりの凄さに圧倒されている勇輝の顔が面白かったのか、千華は笑いながら云った。

「昔取った杵柄ってやつさ」

「そうですか、昔に……」

勇輝はワルツを踊りながら、ぼんやりとそう呟いた。昔という言葉が、頭のなかで反響を繰り返している。千華の昔を、勇輝は知らない。勇輝が物心ついたときには、千華はこの自転車屋で店主をしていた。それ以前の千華は、どこでなにをしていたのか。彼女はどこから来て、なぜここで自転車屋を開業するに至ったのか。

千華と二人で踊りながら、勇輝は過去への扉に手をかけていた。

「実は一年前、純奈さんと交流を持つにあたって、身辺調査を受けました」

「ふうん、そうかい。まあ天光院なら当然だろうね。あたしは別に気にしてないよ」

「……そのときお母さんに結婚歴がないという話を聞いたんですが、本当ですか？」

「ああ、本当さ。あたしは結婚せずに子供を産んだ。自分が妊娠しているとわかったとき、あたしのなかでなにかのスイッチが入っちまった。迷わなかったよ」

その頼もしさに微笑みながら、勇輝はいつかの千影の言葉を思い出していた。

――あなたの母親が、天光院グループの情報部を出し抜けるレベルで、名前から経歴からなにからなにまで丸ごと偽造していない限りは本当です。

そして千華に結婚歴がない以上、天光院グループの力をもってしても勇輝の父親が誰かはわからない。いくら天光院家でも、データに残っていないものは調べようがないのだ。

だから父のことを知っているのは、今勇輝とワルツを踊っているこの女性だけだ。

「そろそろ教えてくれませんか。お母さんは何者で、俺の父さんが誰なのか」

どうせなにも教えてくれない。過去など気にせず未来を見据えて生きろ、とまた云われるに違いない。勇輝はそうわかっていて訊ねたのだが、千華は意外にも優しく云った。

「あんたのお母様はね、それはそれはいいところのお嬢様だったんだよ」

「えっ？」

「美人で、変わりものだったけど、多くの人に好かれていたねえ。ピアノを弾くと、みんながら笑顔になった。あんたのお父さんも、ぞっこんだったよ」

決して開けてくれぬと思っていた過去への扉が開かれたことに勇輝は息を呑んだが、それが冗談めかした自慢話のように聞こえることには苦笑せざるをえない。

「……そんなこと自分で云いますか」

「あたしが美人じゃないとでも？」

「いや、美人なのは認めます。でもいいところのお嬢様とか、多くの人に好かれていたとか、本当ですか？　だいたいお母さん、ピアノなんて弾けましたっけ？」

「馬鹿にするんじゃないよ。あたしだって弾けるさ。きらきら星とか、ちょうちょうとか、ハッピーバースデー・トゥ・ユーとか、そういう簡単なやつならね。あんたがまだピアノを習ってたとき、手本を見せてやったことがあっただろう？」

「めちゃくちゃ下手だったじゃないですか」

勇輝は千華の演奏を憶えていたが、本当につたないものだった。あれでみんなを笑顔にしていたなど、到底信じられない。

「絶対、話を盛ってるでしょう」

「なんだって？」

千華がワルツに紛れて、勇輝の足を踏んづけようとしてきたので、勇輝は咄嗟にそれを躱して笑った。そのまま、もうステップも三拍子も全部忘れて、二人は足を踏むか踏まれるかの遊びを繰り広げた。

すっかり息が上がったころ、千華は勇輝から離れるとその場に座り込んでしまった。勇輝は立ったまま、腕で額の汗をぬぐいながら、弾む息を整えている。

すると、千華がぽつりと云った。

「ダンスパーティのオープニングでワルツを踊った二人は、永遠に結ばれる」

「えっ？」

「貴煌帝学院には、そういう伝説があるだろう。あんたが頑張ってワルツの練習をしてるのは、それが理由だね？」

「……その通りです。純奈さんが、ときめいちゃったみたいで。それに俺も、いいなって思いました。だから俺たちは、二人で二人の願いを叶えたいです」

「そうかい。それは構わないが、オープニングでワルツを踊ったくらいで永遠が約束されたら、そんなに簡単なことはないんだよ。だからあんた、たとえお嬢様とワルツを踊れたとしても、そんなことでゴールしたと思っちゃいけないよ？」

「はい、それはもちろん」

伝説は伝説にすぎない。そんなことはもちろんわかっている。勇輝が純奈とずっと一緒にいられるかどうかは、二人の日々の積み重ねにかかっているのだ。

「それがわかっているなら、いいんだ」

千華はにっこり笑うと、立ち上がって店の方に足を向けた。

「汗、掻いちまったね。先にシャワー浴びるよ。あんたもほどほどにしておきな。まだ夜は冷えるからさ、風邪引かないようにするんだよ？」

「はい」

そう返事をした勇輝は、月明かりに照らされる千華の後ろ姿を見て、千華が過去への扉を開けてくれたのは、今夜だけの気まぐれかもしれないと思った。

だから今のうちに、本当に知りたいことだけは訊いておこう。それは千華の過去でも、父親の名前でも素性でも人となりでもない。

――そうだ。俺が知りたいのは。

「お母さん、これだけ教えてください。お母さんは、父さんのことを愛していましたか？」

すると千華は足を止めて、勇輝を肩越しに振り返った。その目が、なんともいえぬ孤独な色を帯びている。勇輝は息を吸い、果敢に踏み込んだ。

「結婚してなかったたって云うのは別にいいんですけど、お父さんとお母さんの関係は、どうしても気になる！」

張り裂けそうなその叫びに、千華は体ごと勇輝に向き直ると頷いた。

「ああ、もちろんだ。あたしは、あんたの父さんが好きだったよ。あとにも先にも、惚れた男はあの人だけだ。遠い昔、たった一度だけ、あんたのお父さんと踊ったことがある。一生の思い出だよ。もう二度と、あんなふうに誰かを愛することはないだろう」

千華はそう云うと、走って、体当たりするように勇輝を固く抱きしめてきた。

「勇輝、あんたの両親は愛し合ってあんたという子をもうけた。それだけは本当だ。だから心配しなくていいんだよ」

そう聞いて、勇輝は泣きたくなるほど嬉しかったし、安心した。自分がこの世に生まれてきたのは、愛ゆえなのだ。

◇

その日、勇輝はすっかり疲れていた。このところワルツの練習において千影の追い込みが凄いのだ。純奈ではなく千影に相手をしてもらうこともあるのだが、姿勢や足運びのほんのちょっとの乱れも許してくれないという徹底ぶりだ。

もっともおかげで勇輝のワルツの上達は著しいので、感謝しなくてはならない。そう思いながら、勇輝は昼食を黙々(もくもく)と食べている千影を見た。

ここは貴煌帝学院のカフェテリアだ。今日も勇輝、純奈、千影、由美(ゆみ)、善信(よしのぶ)、阿弥寧(あやね)という六人で食卓(しょくたく)を囲んでいる。勇輝はまったく違う男子グループに入ることもあったが、純奈といるときは、なんとなくこのメンバーで固まってしまった。

食事を終えた善信がふと思い出したように云う。

「そういえば聞いたよ。例の件で、御剣君が異を唱えたんだってね」

「噂(うわさ)じゃレオ様、パートナー探してるけど見つからないらしいね。断られまくってるって」

阿弥寧がくすくすと意地悪そうに笑う。

「レオ様って超(ちょう)イケメンなのに普段(ふだん)から女の子に優しくしてないから、こういうときに誰も助けてくれないんだよね」

「それだけじゃないと思うけどな」

善信はそう云って頬杖(ほおづえ)をつき、純奈に目をやった。

「御剣君を助けるってことは純奈様と対決するわけで、それが天光院家への敵対行為と受け取られかねないから、みんな遠慮(えんりょ)してるんじゃないかなって……」

それは勇輝にとって、夢にも思わないことだった。だが良家の子女である彼らは、天光院家の恐(おそ)ろしさを教育されていると、晴臣が語っていたではないか。

　純奈もまた、胸を痛めたようにしゅんとなる。

「それは、考えもしませんでした」

　純奈の悲しそうな顔を見た勇輝は、もしレオのパートナー探しに影を落としているのが天光院家の威光のせいであるのなら、一臂の力をかさねばならぬと思い始めた。

　そのとき、千影が由美に向かって云った。

「古賀さん、さっきから浮かない顔をしていますね」

「えっ？　えっと、食べ合わせが……」

「その云い訳は先日も聞きました。御剣レオに、なにか思うところでも？」

「な、なんで、そう思うのかな？」

「あからさまなので」

　すると由美は目を左右に泳がせる。たしかに様子がおかしいと勇輝も思った。

「幼馴染だっけ？　ていうか今思ったんだけど、御剣君のパートナー、古賀さんならいいんじゃないか？　幼馴染だって云うなら気心が知れてるだろうし、こんなことで天光院家に目をつけられるなんてことはないって、わかってるだろう？」

　勇輝がそう云うと、純奈もぱっと顔を輝かせたが、肝心の由美は浮かぬ顔だ。

　果たして彼女は、誰とも目を合わせぬまま云う。

「間違いなく断られるよ。実はあいつとは、ずっと喧嘩中で……」

「喧嘩？」

勇輝がそう繰り返すと、由美はなにか観念したように話し出した。

由美とレオはともに上流階級の生まれで、親同士の仲が良かったため、小さいころからよく一緒に遊んでいたという。二人は仲良しだった。活発な由美と頭のいいレオは、お互いの足りないところを補い合っていた。

ところが小学六年生のときに事件は起こった。

「私たち、家族ぐるみでキャンプに行ったの。キャンプ場にはアスレチックなんかもあってさ、私はそういうの好きだったから、レオと一緒に遊んだわ。でもそのうちレオが疲れて、もう帰りたいって。私は全然遊び足りなかったから、強引に引っ張り回したのね。そうしたら、レオが転んで怪我して……」

「大丈夫だったのですか？」

純奈がそう訊ねると、由美は微笑して頷いた。

「怪我自体は大したことなかったの。本当にすりむいただけ。でもレオのやつ、『血が出た』って大騒ぎして泣いちゃってさ、私が『情けないの』って云ったら睨まれて――」

――うるさい！　由美ちゃんとはもう遊ばない！

——なによ、弱虫！

由美が思わずそう返すと、レオは顔を真っ赤にして叫んだ。

——もう遊ばないから！

そうしてレオは一人で家族のもとに帰り、キャンプのあいだ由美とは一度も口を利かなかったと云う。

「それっきり、本当に疎遠になりました」

なぜか丁寧語でそう云った由美は、実にしょぼくれた顔をしてうつむいてしまった。勇輝は由美と初めて会った日のことを思い出していた。あの春の日に照らされた、勝ち気で活発そうな少女と同一人物とは思えない。あの日が晴れなら、今は雨だ。

「そんなことで——」

と、呆れたように云った善信を手振りで制して、勇輝は由美にそっと訊ねた。

「仲直りは、しなかったのかい？」

「なんかタイミングが合わなくて、しなかったというか、し損ねたというか。そのうちに気まずくなってきて、一緒に遊ぶどころか、話もしなくなっちゃって、あっという間に三年経っちゃった。だから幼馴染といっても、昔よく遊んだってだけ。今はもう他人なの。というわけで、レオは私に声をかけてこないし、私だって今さら……」

「本当に、それでいいのですか？」

由美がはっと息を呑んで、純奈に顔を振り向けた。

「純奈様」

「他人のことを話す顔ではありませんよ？」

優しく、気遣わしそうにそう話す純奈にあてられたのか、阿弥寧までもが頷いて云う。

「仲直りしたいなら、今からでもすれば？　案外、レオ様もそう思ってるかもよ？　だいたい三年以上も前に、転んで怪我して喧嘩した程度のことを未だに根に持ってるようなら、レオ様ってマジでクズ」

「レオはクズじゃない」

由美の鋭く刺すような一言に、阿弥寧が「おっと」と怯んで椅子ごと後ろへ下がった。

一方、純奈は嬉しそうに笑いながら、鞄を開けて冒険ノートを取り出し、その一番新しいページを開いて由美に差し出してきた。

「私の冒険ノート、一ページだけなら貸しますよ？」

「ノート、ですか？」

「はい。このノートにお願いを書くと、勇輝君が叶えてくれるのです」

すると由美が珍しいものを見つけたような目で勇輝を見てきた。

「……どっちかって云うと流れ星かな」

願いを叶えるなら、そっちの方がかっこいい。勇輝がそう思って笑うと、由美もまた笑いながら純奈からノートを受け取った。そこへ千影が如才なくペンを渡す。

「ありがとう、山吹さん」

そうして、由美はテーブルの上にノートを広げ、ペンを手に考えを纏めているようだった。果たして彼女はなにを書くのか。勇輝が息をひそめて見守っていると、ついに由美がノートにペンを走らせた。

――レオの力になってあげたい。仲直りしたい。また昔みたいに一緒に遊びたい。ごめんって云いたい。けど向こうにも謝ってほしい。そりゃあ私が悪かったけど、あんなに仲良かったのにあんな小さなことで三年も口を利かないのはどうかと思う。私ばかりが悩んでいたのか。この三年間、あいつがなにをどう思っていたのか全部聞きたい。それからワルツを踊りたい。相手がいないなら私が踊ってあげてもいいと思うし。話は変わるけどこの三年で見つけた色んな美味しいお店に一緒に行きたいよね。

と、そんな感じで、一ページ丸ごと黒く埋まったノートを、勇輝は茫然と見た。

「……いっぱい、書いたなあ」

「魔法使いなの？」

「お嬢様のノートに、遠慮というものがないのですか、あなたは」

「だ、だって純奈様が一ページ私にくれるって……云っておくけど、一ページじゃ全然足りないんですけど？」

由美はおどおどとそう云ったが、たしかに三年以上溜まったもろもろは、ノート一ページにはとても書ききれまい。

あまりのことに阿弥寧は腹を抱えて大笑いしている。お行儀のいい貴煌帝学院のカフェテリアではいささかうるさすぎ、善信が阿弥寧を黙らせようとしているが無駄なことだ。

そして勇輝はと云うと、由美の書いた願いの数々を見て、気持ちが高まってきているのを感じていた。

「よし、わかった。ここまでされると、いっそ痛快で、力になりたくなってくる。

「いつ？」

「今からだ！」

勇輝は由美にそう答えると、さっそく携帯デバイスを取り出した。だが由美の不安そうな表情を見て、勇輝は彼女に顔を近づけた。

「このあいだの話、憶えてる？　友達を作るコツってやつ」

「……明るく大きな声で話す。笑顔で話す。自分から話す」

「入学式の日、俺に学院を案内してくれた古賀さんはそれができてた。だから俺たち、あっという間に友達になっただろ？」

すると由美がやっと柔らかい笑みを浮かべたのを見て、勇輝は先日教えてもらった暁雨の番号に電話をかけた。

……。

その日の放課後、暁雨に呼び出されたレオが生徒会室にやってきた。しかし、それを待ち受けていたのは勇輝である。

驚いているレオに、勇輝は先手を打って云った。

「やあ御剣君。ダンスのパートナー、見つかった？」

「見つかっていない。それより会長はどこだ？」

「君に用があるのは俺だ。俺が会長に頼んで君を呼び出してもらった」

レオの返事はなかった。察するに、状況を理解するのに時間がかかっているようだ。勇輝はすばやくレオと扉のあいだに体を滑り込ませた。

「帰らないでくれよ？」

「……なにを考えている？」

「君のダンスのパートナー探しについて進捗を訊きたい」

「なぜ君が気にするんだ？」

「難航してるって聞いたからさ。でも勝負するなら正々堂々やりたいんだ。不戦勝じゃすっきりしない。見つかってないなら、うちのクラスにいる古賀さんはどうだろう？　幼馴染って聞いたんだけど」

するとレオは気難しそうに眉根を寄せて、なにかを守るように腕組みをした。

「……小学生のときはよく一緒に遊んだ。だが中学生になってからは、まともに話したこともない。今さら、声をかけるのは難しいだろう」

「喧嘩したから？」

「む……」

勇輝の見せた手札に、レオが考える顔をする。しかし勇輝は出し惜しむつもりはなく、手の内をどんどん見せていった。元より体当たりでぶつかっていくしかないのだ。

「つまり古賀さんに対しては、長いこと話してないから気まずくて声をかけられないだけって理解でいいんだな？　それともまだ根に持ってるのか？」

「どうやら、いらないお節介を焼きにきたようだな。出てこい！」

レオがそう声を張り上げると、生徒会室の隣室に続く扉が開いて、まず暁雨が、次に純奈と千影が、そして最後に由美がおずおずと姿を見せた。

「ややあ、レオ君。ご足労かけたね」

　暁雨がそう云いながら、由美の後ろに回ってその背中をぐいぐいと押した。押された由美がレオの前まで来ると、レオの肩に力が入ったのが、勇輝にはわかった。相変わらず固く腕組みしたままで、鉄壁な防御の構えをしている。

　一方の由美は、いざレオの前に立たされると、却って度胸がついたらしい。レオを見て、ぎこちなく笑いかけた。笑顔はクリアだ。あとは大きな声が出せるだろうか。

「ひ、久しぶり」

「ああ……」

「ダンスの相手、探してるんだってね」

「そうだ、探している」

　傍で見ていて実にぶっきらぼうな、鈍器で殴り合うような会話だった。突然、由美が体当たりするように云った。

「私が相手してあげてもいいよ?」

「いや、それは……」

　由美の果敢な体当たりを、レオが撥ね返そうとする。その瞬間に勇輝が云った。

「ラストチャンスだぞ!」

レオが勇輝をうるさげに見たが、勇輝は構わずレオに詰め寄ってその耳元で云った。

「彼女はかなり頑張って君の前に立った。それに優しさで応えられなかったら次はない。この先、一生他人だ。それでいいって云うなら、それは君の選択だから、仕方ないけどさ」

するとレオは大きく息を吐いて腕組みしていた手を下ろし、胸を張って由美に向き合った。レオの美しい月のような眼差しと、由美の昇る朝日のような眼差しが結びつく。

「……例の伝説を知っているだろう。変に勘繰られることになるかもしれないぞ」

「そんなのきっぱり否定すればいいだけだし、その手の噂なんて三日で消えてなくなるよ。気にしなければいいの。そっちこそ、運動苦手なのにワルツ踊れるの？」

「僕が運動を苦手としていたのは、昔の話だ」

レオはそう云って、その場で由美の手を取った。以心伝心、二人はたちまちその場でホールドを張った。貴煌帝学院の内部生は全員ワルツを履修済みだというが、二人の組んだ姿は、美しかった。レオが由美の耳元で囁く。

「カウント三つで」

「オーケー。ワン、ツー、スリー」

それを合図に、二人はワルツのステップを踏んだ。優雅で、洗練されていて、力強く美しい。まだまだワルツ初心者の勇輝にもそれとわかるほどだった。

やがて暁雨の手拍子(てびょうし)が始まると、由美が驚きの声をあげた。

「あれ……? あんた、こんなに逞(たくま)しかったっけ?」

「男子三日会わざればなんとやら、いわんや三年においてをや、もはや別人だ」

そうして二人が見事なワルツを踊り切ったとき、三年間のわだかまりが完全に消え去っていることは、誰の目にも明白だった。

「……どうやら、僕たちは上手(うま)く踊れるな」

「まあね、わかってたけどね」

そう云って笑う由美の顔は、勇輝がこれまで見てきたなかで一番の笑顔だった。

そのとき純奈と千影が勇輝の傍に立った。千影が誰にでもなく云う。

「さすがは幼馴染ですね。三年ぶりだというのに、ぴったり息が合っていました」

「……やっちまったかな」

勇輝は敵に塩を送りすぎたのかもしれないと思った。自分で自分の首を絞(し)めたのかと。

しかし純奈はにこにこして云った。

「私と勇輝君は、もっとすごいですよ。ね?」

「……うん」

勇輝は一つ頷いて、純奈の手をそっと握(にぎ)った。

〔番外〕千影のお嬢様レポート8

その夜は冷えたので、千影は食後にホットチョコレートを用意した。それを幸せそうな顔をしてゆっくり飲んでいる純奈を見ていると、自分まで幸せになってくる。

千影もテーブルを挟んで座り、純奈と同じものを飲みながら、今日のことを振り返っていた。

「お嬢様、本当に御剣さんを助けてしまってよかったのですか？」

「もちろんです。由美さんのあの幸せそうな顔を見たでしょう。善いことをしました」

「しかし結果的に、手強いライバルを出現させてしまいました」

千影がそう云っても、純奈は微笑んでいる。後悔はしていないということだろう。

「ま、お嬢様がそれでいいのでしたら、是非はありません。ただ真田勇輝は……っと」

千影は慌てて口を塞いだが、純奈は目敏く耳聡かった。

「勇輝君はなんです？」

「いえ……」

千影は目を逸らしてごまかそうとしたが、純奈はわざわざ立ち上がって千影の視界に入ってくる。顔を反対側に背けても、やはり追いかけてきた。

千影はうっかり口を滑らせた自分を呪いながらも、観念して口を開いた。

「いえ、ちょっと彼と話しただけです。お嬢様とキスなどしたいのか、と」

瞬間、純奈が叫びそうになったのが千影にはわかった。それをどうにか押さえ込んだ純奈が、椅子にちょこなんと座る。マグカップを持つ手は震えていた。

「……千影、続きを」

「例の伝説が本当なら、そういう雰囲気になるかもとかなんとか。はっきりとは明言しませんでしたが、なんというか、彼はお嬢様としたがっていました」

がっちゃーん、と派手な音を立てて純奈がマグカップを皿の上に落としてしまった。前代未聞の椿事に、千影は椅子を蹴立てて立ち上がった。

「お嬢様、大丈夫ですか！」

「へ、平気です。ごめんなさい、驚いてしまって」

そう謝る純奈は、すまなそうな顔をしていない。口元は笑っている。嬉しがって、舞い上がって、カップをひっくり返したのだ。

幸い、頑丈なマグカップは割れていない。千影は急いで純奈の手を確認したが、火傷もなにもないようだ。

千影はほっと胸を撫で下ろすと、こぼれたホットチョコレートを拭きにかかった。

「ご、ごめんなさい。私がやります」

「いえ、今のお嬢様には任せられません。余計に被害を拡大しそうで……落ち着くまでじっとしていてください」

「わ、私は落ち着いていますよ？」

「本当に？」

千影は純奈の顔に顔を近づけたが、純奈はみるみる赤くなっていく。首筋から耳まで、秋の紅葉のようだ。

「……今は二人しかいませんからいいですけれど、ほかの方の見ている前でこんなことがあっては、困りますよ？」

「はい、わかっています。それで勇輝君は、勇輝君がしたがっていることと云うのは、私がノートに書いたことと同じ……ですか？」

「はい」

千影がそう肯んじると、純奈は立ち上がってベッドまで行き、その上に身を投げ、ごろごろ転がったり足をばたばたさせたりした。

その後もふにゃふにゃになったり、燃え上がったりしていたのだが、翌朝には凛然として気魄に満ちていた。

純奈の朝の支度を手伝いにきた千影に、純奈は云った。

「由美さんたちには申し訳ないのですが、やはり伝説を譲ることはできません。オープニングのワルツは、私たちが踊ります」

「でしたら、練習あるのみですね。真田勇輝を完璧に仕上げませんと」

「そうですね」

それはまったく同意するところであり、千影も大いに頷いた。

その後、勇輝が友達の和人にSNSでぼやいたこと曰く、千影だけでなく純奈さんも物凄く厳しくなった、とのことである。

第四話　雨と虹

勇輝とレオたちが競い合いをする前日は、授業が八時間目まであった。進学校ではよくあることで、そこからさらに部活をするなら下校は七時過ぎになる。

レオの場合は、由美とワルツの練習をしていて遅くなった。途中、お手洗いに寄っていくという由美と別れたレオは、下駄箱へやってくると一足先に靴を履き、庇の下へ出た。

そこでは生徒が三人、こちらに背を向けて立っていた。横に並んで顔を見ると勇輝たちだった。レオに気づいた勇輝が笑いかけてくる。

「よお、いよいよ明日だな。仕上がりはどうだい？」

「順調だ。それより君たち、なにをしている？　急がないと雨に降られるぞ」

今日は一日、曇っていた。夜からは雨になると云う。それなのに勇輝たちはなにをしているのだろう？

「僕は由美を待たねばならないが、君たちはさっさと帰ったらどうだ？」

すると勇輝と純奈は顔を見合わせてにっこり微笑みあったあと、勇輝が云った。

「いや、実は雨を待ってる」

「は？」

「純奈さんの門限があるからずっとは待てないんだけど、祈りが天に通じるかどうか」

勇輝がそう云って純奈に視線をあてた。純奈はすっかり暗くなった空を祈るような目でじっと見上げている。墨色の空には灰色の雲がかかっていて、もういつ降り出してもおかしくはない気配だ。強めの風は雨の匂いがした。

もちろん、レオにはわけのわからないことだった。雨が降りそうなら急いで帰るのが普通だろうに、勇輝たちは雨を待っていると云う。いったい、どういうことなのか。

果たして、勇輝が真面目な様子で訊ねてきた。

「雨は嫌いか？」

「当たり前だ。小雨くらいなら気にしないが、大雨になると服が濡れる。なにより靴のなかに水が沁み込んでくるのが非情に厭だ」

「ああ、それはわかる。靴下まで濡れると、あとのことを考えてうんざりするよな」

うんうんと頷いている勇輝が、レオには不思議でならない。

「ならばなぜ……」

そのときだ。静かに雨が降り始めた。それがみるみる大降りになり、雨音がはっきりと聞こえるようになってくる。

レオはため息をついたが、勇輝はガッツポーズしていた。

「勇輝君」

きらきらした目をした純奈が、赤い傘を勇輝に手渡した。それを広げながら勇輝はレオに向かって云う。

「古賀さんを待ってるんだよな？」

「そうだ」

「じゃあ、俺たちはお先に」

勇輝の声には幸せが滲んでいた。そうして二人は一つの傘を二人で使って、雨のなかへ楽しげに踏み出していく。

一方、一人で紺色の傘を差した千影が、茫然としているレオに云った。

「相合傘をしたかったそうですよ。そのためにこうして雨を待っていたのです」

そう聞いてレオは呆れた。恋愛に熱を上げている人のすることはわからない。

「梅雨入りすれば雨の日などいくらでも……だいたい、なにが楽しいんだ。二人で一本の傘を使っても、窮屈なだけだろうに」

「私も同意見ですが、真田勇輝にそれを云ったら、『おまえも恋をすればわかる』と返されてしまいました」

千影は愚痴のように云ったが、口元に本人も気づいていないような淡い微笑が滲んでいるのをレオは見逃さなかった。主人の幸せを自分の幸せとしているのだろうか。

「それでは、失礼いたします」

そうして千影もまた、主人とその恋人のあとをついて雨のなかへ踏み出していった。

――メイドの鑑のような娘だな。

レオがそう思っていると、ぱたぱたとした足音が近づいてきた。その足音の主は急いで靴に足を突っ込むとレオの隣へやってきた。

「お待たせ――って、雨降ってるじゃん！　やばい、傘、忘れた！」

「迎えの車は？」

「ないよ、歩き。社長令嬢ですけど、甘やかされてないので。レオは？」

「……正門前に来ているはずだ。今日は遅いし天気も悪いから、うちの車で君を送る」

「おっ、優しいじゃん」

「紳士の義務を果たしているだけだ」

レオはそう云うと手にしていた黒い傘を広げ、それを由美に差しかけた。突然のことに由美が反応に困っているようだが、レオは構わずに云った。

「君を濡らして僕だけ傘を差しているのは、決まりが悪いだろう」

「……そうだね」

由美は納得したような、がっかりしたような顔をして、レオの傘の下に入ってきた。それから二人で雨のなかへ。気持ち、傘を由美の方に傾けていると、由美が云った。

「桜もすっかり散っちゃったね」

校舎から正門までの桜並木は、すっかり葉桜となっていた。舞い落ちた桜の花びらの掃除も終わって、花は今、記憶のなかで咲いている。

「……君を待っているあいだ、真田勇輝たちと出くわして、少し話をした」

「そうなんだ。ま、向こうもこの時間まで、ちゃんと練習してるよね」

ワルツを踊れるレオたちですら、万全を期すためにちゃんと練習しているのだから、勇輝たちは当然だろう。

「あの二人のワルツがめちゃくちゃ上手くなってたらどうする？」

「それならそれでいい。僕の目的はダンスパーティの成功だからな。明日の勝負はどちらが勝っても、僕の目的が達成されるようになっている」

「うわ、ずるっこだ」

由美が楽しそうに笑うと、レオもそれにつられて笑いながら云った。

「ま、どうせやるなら、勝ちたいがな」

そう云ってから、レオは真面目な顔をして訊ねた。

「……君から見て、真田勇輝は、どんなやつだ？」

「うーんとね、すごく男の子って感じ。積極的だし行動力あって、物怖じしないし、めちゃくちゃ簡単に友達を作る。バンドをやってた過去があって、ピアノもできるんだって。あと意外と面倒見がいいよね。ほかには顔もいいし、勉強もスポーツもできて……」

話しているうちに、由美の声からだんだん元気がなくなっていった。どことなく肩も落ちている気がする。

「どうした？」

「いや、なんか、あいつ、ただのスーパーマンじゃんって思えてきて……おかしいな、私、社長令嬢なのに、すべてにおいて負けてる気がしてきた」

雨音のなかにあってさえ暗く響くその声を、レオは明るく笑い飛ばした。

「ふっ、いちいち自分と他人を比べて落ち込むな。自分より優れているやつが何人いても、自分が自分の目的を達成できれば、それでいいのだ」

「それって慰めてくれてるの？」

レオはそれには答えず、前を向いた。もう正門はすぐそこだ。外灯の明かりで、御剣家のリムジンが迎えに来ているのが見えた。

「……やつが本当にスーパーマンなのかどうか、明日にはわかるさ」

その日、勇輝と純奈はいつものように空き教室でワルツを踊っていた。生徒たちの机は片づけられているが、教卓だけは忘れられたようにぽつんと残っている。その教卓の上に立てたタブレットから流れる音楽に乗って、二人は見事に息を合わせて踊っていた。

曲が終わったところで、見守っていた千影が拍手をした。

「パーフェクトです。完璧にやり遂げましたね、真田勇輝」

「純奈さんのおかげだよ」

謙遜ではなく、勇輝は本気でそう思っていた。元よりワルツは二人で踊るものだが、純奈が献身的に付き合ってくれなければ、勇輝はここまで上達しなかっただろう。

「ありがとう」

「どういたしまして」

純奈はそう云って一礼すると、背伸びして勇輝に耳打ちしてきた。勇輝は一つ頷くと、千影に顔を振り向けた。

「千影も、サンキューな」

「あなた今、お嬢様に云われて私にお礼を云ったでしょう」

「はは……」

正解だ。勇輝が苦笑いをすると、千影はふんと鼻を鳴らした。

「云っておきますが、本番はこれからですよ？　まずは御剣レオに認めさせること。そしてダンスパーティ当日……まだなにも終わっていません」

「そうだな」

勇輝はワルツ未経験者だった自分が、短いあいだにここまで踊れるようになっただけでもかなりの満足感があったが、たしかに千影の云う通り、本番はこれからだ。

もうすぐ暁雨がレオたちを連れて、ここへ来る予定になっている。

「しかしワルツで勝負って、誰がどう判定するんだろうな？」

「もちろん、私だ。公平を期すると約束するよ」

噂をすればなんとやら、暁雨がそう云いながら教室の扉を開けて入ってきた。まるでずっと聞き耳を立てて出番を待っていたかのようなタイミングだ。

そのあとに続いて、レオと由美が顔を見せる。

「こんにちは、勇輝君、純奈様！」

由美はにこやかだったが、レオは愛想がない。だが仮にもこれから勝負しようというのに、にこにこしている方がおかしいと勇輝も思う。純奈と由美が挨拶を交わす一方、勇輝とレオは睨み合っただけでなにも云わなかった。

そこへ暁雨が割って入ってくる。

「もったいぶっても仕方ないからさっさと済ませよう。そのタブレット借りるよ。準備運動するなら今のうちにね」

暁雨は教卓の上にあったタブレットを手に取ると、動画サイトに接続したようだった。千影が傍らでその様子を見守っている。

暁雨は指で魔法でもかけるようにタブレットの画面を操作しながら、鼻歌まじりに云う。

「さーて、どの曲にしようかな」

テストで使われる曲は、事前に三曲が候補として通知されていた。実際にどの曲にするかは、暁雨が当日決めると云う。対応力を見るためだ。だから勇輝たちはどの曲がかかってもいいように、三曲すべてで練習していた。それはレオたちも同じだろう。しかし。

「これなんかどうだろう？」

暁雨が千影に訊くと、千影はただちに眉をひそめた。

「ロックじゃないですか。当日にいきなり曲を変えようとするのは、おやめください。候補曲のなかから選んでください」

「わかってるって。冗談だよ。そんなサプライズはしないよ、本番じゃないんだから」

「本番でなにかするつもりなんですか？」

「ん？　ふっふっふ」

含み笑いをする暁雨を見て、勇輝はなにかしでかす気に違いないと思いながら純奈を見た。そして、純奈がいつになく緊張しているのに気がついた。

「どうかした？」

「伝説を逃したくないのです……！」

その思い詰めた様子を見て、勇輝は直観的によくないと思った。このままでは失敗するとわかった。そしてよくないのは、失敗することが、ではない。

「……それは俺も同じだよ。でもそれ以上に俺は今、踊るのがすごく楽しいんだ」

すると成功することだけ見ていた純奈が、我に返ったような顔をして勇輝を見上げてきた。その顔が可愛くて、勇輝はとろけそうな笑みを浮かべた。

「俺はダンスって、今まであまり興味がなかったんだよね。でもこうして上手く踊れるようになってみると、楽しいと思った。しかも相手は君なんだ。最高だよ」

すると勇輝の笑顔がうつったかのように、純奈も柔らかく微笑んだ。

「……私と踊るの、楽しいですか？」

「うん、楽しい。ただ音楽があって、君と笑って、踊って、それだけで十分だよ」

伝説なんてもういらない――とまでは云わないが、伝説を掴みたいがために、この幸せと喜びを摩滅させてしまうようでは、本末転倒もいいところだ。

「君は？　俺と踊るの、楽しい？」

「はい。楽しくて、幸せです」

純奈が顔を輝かせてそう云った。

そのとき、暁雨が声をあげた。

「よーし、この曲に決めた！」

それを見た千影が曲名を告げると、勇輝たちもレオたちもそれぞれスタンバイした。最初は勇輝が純奈の腰に右手を添えているだけだ。まずは二人でリズムを整えるように踊り、やがてホールドを張って優雅にステップを踏み、ときに女性がそのスカートを広げるような華やかな回転を披露し……という感じでワルツは進む。一連の流れが頭に入っている。

それを完璧にこなそうという気負いはあった。だが音楽がかかるとそれもなくなり、これがテストなのだということさえ忘れてしまった。

感じることは、ただ一つ。

――君と踊れて楽しい。

そうして、勇輝と純奈のワルツがひかりを放つのを、千影たちは見ただろう。

……。

音楽と、そして二組のカップルの踊りが終わると、晩雨は余韻に浸る情緒もなく云った。

「じゃあ採点します。準備はいい？」

勇輝たちが頷きを返すと、暁雨は音吐朗々と声を上げる。

「ジャーン！　御剣レオ、古賀由美ペア……百点！」

――うわ、こいつら百点満点かよ。終わった。

勇輝は負けたと思って天を仰いだ。やるだけやったとは思うのだが、純奈の気持ちが心配だ。そう思っているところへ、暁雨が続けて云った。

「真田勇輝、天光院純奈ペア、二百点！」

「えっ？」

瞳を抜かれたようになった勇輝に、暁雨がにっこり笑いかける。

「というわけで、君たちの勝ちです！」

だが勇輝も純奈もすぐには反応できなかった。一方、黙っていなかったのは由美たちだ。

「百点満点じゃないの？」

「二倍も差がつくのはおかしいでしょう！」

由美とレオに詰め寄られ、暁雨は二人を両手で宥めるようにした。

「まあまあ、点数はノリで適当に決めただけだから。技術的にはどっこいだったけど、それでも勇輝君たちの方がよかったと思った。なんかこう、ナイスカップルって感じで」

するとレオははっと息を呑んだ。

「カップル、か……」

「うん。レオ君たちは真剣にテストに臨んでたけど、勇輝君たちはさ、なんていうか、いちゃいちゃしてた。でもそこがいい」

レオの心で燃えさかる火の勢いが衰えていくのが、勇輝には目に見えるようだった。

そんなレオの肩を励ますように叩いた暁雨は、勇輝たちの前までやってくるとウインクした。

「おめでとう。二人で素敵だったよ」

次の瞬間、それまでなにもなかった暁雨の右手に、一輪の白い薔薇が現れた。

「えっ、薔薇！」

まるで魔法だと勇輝は驚いたが、暁雨はそんな勇輝をこそ笑う。

「簡単なマジックさ。このくらいの芸がないと貴煌帝学院の生徒会長は務まらないんだ」

晩雨はそう云いながら、早く受け取れとばかりに薔薇の花を揺らす。思わず受け取った勇輝は、あることに気づいて目を瞠った。

「あれ？　薔薇なのにとげがほとんどない」

「薔薇も色々だからね。それはとげの少ない品種だよ。そうじゃなかったらマジックには使えない。私の指が危ないし」

なるほど、と感心した勇輝は、しばし薔薇の美しさに見入っていたが、やはりこういう花は女性にこそふさわしいと思って純奈に差し出した。

「どうぞ」

すると笑って白い薔薇を受け取った純奈は、それを鼻先に持っていったあとで、なにを思ったか勇輝に身を接してきた。

「勇輝君、ちょっと動かないでくださいね」

なにをする気かと思って見ていると、純奈は勇輝の制服のボタンホールに薔薇の花を挿した。ちょうど政治家や弁護士がバッジをつけているところに、白薔薇が飾られたのだ。

粋なことをする、と勇輝が感心していると、千影が云った。

「お嬢様、真田勇輝はプロポーズしたわけではありませんよ？」

「わかっていますが、なんとなく」

「プロポーズ？」

小首を傾げた勇輝に、レオが云った。

「ヨーロッパの風習だ。男性が女性にプロポーズするときに花束を渡す。返事がイエスなら、女性は花束から花を一本取って、ジャケットのラペルのボタンホールに花を挿す」

「へえ、そんな風習があるのか。ああ、でも結婚式で新郎さんがここに花をつけてる写真とか見たことあるかも」

面白い話に勇輝が相槌を打っていると、暁雨が顎に手をあてて深刻そうな顔をした。

「……え、結婚するの？」

瞬間、この場の時間が止まったようになった。

結婚だって？

「いや、それは……」

さすがにそれは早すぎる。まだ全然考えていない。想像したこともない。この花にしたって、勇輝が贈った花束からの花ではないはずだ。暁雨の質問は根本的にずれている。

しかしこの場で、結婚なんかしませんよ、と云えるだろうか。勇輝がどう答えるのか、純奈が気にしているのは、彼女の顔を見れば明らかだ。だから暁雨の大暴投にも等しい見

当外れの質問を、打ち返さねばならぬ。純奈はホームランを見たがっている。

「……結婚、します！」

するとと純奈はぱっと顔を輝かせて、神聖な火を灯すように云った。

「はい、します」

戯れに等しいことだとわかっていた。それでも勇輝は本当に嬉しかった。結婚しますと云って、同意してもらえると、男に生まれてきてよかったと思う。

――ああ、嬉しい。

そうして周りのことも忘れて純奈を抱き寄せようとしたとき、暁雨が頭を抱えて叫んだ。

「うわあっ、しまった！　動画を撮っておけばよかった！　なんでぼうっと見てたんだ、私は！」

「そんなことをしたら、あなたの携帯デバイスを破壊していたところでした」

そう云った千影に、暁雨はちっちっちと舌を鳴らしながら指を振った。

「それは無理だね。これでも私は、大陸に覇を唱える黄龍財閥の娘だよ？　いくら天光院だからって、私の持ち物に手を出すのは不可能です！」

「む……」

千影が面白くなさそうな顔をする。

そうしてなんとなく会話が途切れてしまうと、由美が「はーっ」と息を吐いた。

「レオ、ごめん。私が足を引っ張った。結局、役に立てなかったね」

「いや、いいんだ。一緒に踊ってくれただけで」

レオはそう云ったが由美の顔は晴れない。勇輝はそれを傍で見ていて、なにか元気づけてやろうかと思ったけれど、そのときレオが窓の方を見て云った。

「……僕が体を鍛え始めたのは、君とのことがあったからだ」

「えっ？」

由美が目を瞠る。レオは窓の外の景色を見ているのではない。過去を見ているのだ。

「君に泣かされて、自分の体力のなさが悔しかった。それでトレーニングを始めた。おかげで今はこの通りだ」

レオが胸を張った。長身のせいもあって、制服越しにも逞しさが見てとれる。

「一度しか云わないぞ。あの日、僕を泣かせてくれて、今日は一緒に踊ってくれて……ありがとう」

プライドの高い意地っ張り、という評判が本当なら、レオがこうして素直に礼を云うのは、きっと珍しいことなのだろう。百に一つの椿事に違いなかった。

由美が目を潤ませているのはわかるが、純奈まで同じようにしている。

「……古賀さん、よかった」

うんうんと頷いて、暁雨がレオたちに寄っていった。

「ワルツは二人で踊るもの。君たちより勇輝君たちの方がカップルとしてのパワーが上だったからさっきのような評価になったわけだけど、でも今なら、カップルとしてのパワーも上がったかな？　もう一回やってみる？」

それはないでしょう、と勇輝は制止にかかったが、それよりも先にレオと由美が矢のように反論する。

「僕たちはカップルなどではない」

「そう、友達。恋愛感情とかないので、勘違いしないでください」

「そういうとこだよ、君たちの敗因。勇輝君たちを見なよ。勢いで『結婚します』とまで云ったのを、見習ったら？」

勇輝も純奈もたちまち頬を赤らめた。たわむれに等しいプロポーズごっこをやってしまったのが、今になって急に恥ずかしくなる。

一方、レオと由美は顔を見合わせ、頷き合うと、暁雨を見て揃って云った。

「僕たちの負けで構わない」

「私たちの負けでいいです」

「……オーケー。これで遺恨はなしね」

　そう云って笑った暁雨は、肩の荷が下りたのか、気持ちよさそうに両手を広げて伸びをし、ちょっとよろめいて勇輝の肩に肩をぶつけた。

「おっと、気をつけてください」

「ごめんごめん。あー、それにしても結婚か。実は私も親に決められた婚約者がいるんだよ。もう死んじゃったけど」

「いや、急にそんな重たいボールを投げられても、どう返せばいいのかわかりません」

　それに死んだと云うなら婚約者が『いる』ではなく『いた』の間違いではないのかと勇輝は思ったが、迂闊に訊ねてもっと重い話を聞かされても厭なので黙っていた。

　しかし暁雨は笑いながら眼鏡を外し、スカートのポケットから取り出したハンカチでその曇りを拭きながら、気楽そうに続けた。

「気にしなくていいよ。生まれる前から親同士の約束で婚約してて、一度も会ったことがないまま死んじゃったんだ。だからなんの感情もないよ」

　すると由美が怪訝そうに首を傾げた。

「え、待ってください。それなら普通、婚約は解消ですよね？」

「そう思うでしょ？　ところが解消されてないの。義理なのかなんなのか知らないけど、わけわかんないよね」

そうして眼鏡を掛けなおした暁雨は、天真爛漫な笑顔を見せた。

「でもおかげで政略結婚の道具にされることはないから、気楽なもんだよ。ねえ？」

同意を求められ、そうですねと返した勇輝だったが、この人はいざ好きな人ができて結婚したくなったときのことを考えているのだろうかと思った。晴臣ですら許嫁は時代錯誤だと云っていたのに、暁雨の家ではそんなことがあるのだ。

「生まれる前からの婚約者とか、庶民の俺としては信じられない話ですね」

「天光院さんにそういう人がいなくてよかったね」

「まったくです」

大いに頷いた勇輝の肩を、暁雨がぽんぽんと叩いてきた。

「それじゃ、ダンスパーティ当日は頼んだよ。ところで衣装はどうするの？」

「えっ、学校行事ですよね？　制服で踊るんじゃないんですか？」

勇輝がそう答えると、なぜか場の空気が凍ったような気がした。驚いた勇輝がうろたえて周りを見ると、純奈がちょっとだけ困ったような顔をしている。

——あれ、なんだこの沈黙は？

突然、ピエロになってしまったような気分だ。困惑している勇輝に、レオと由美が次々に云う。

「そうか、君は庶民だったな。では教えてあげよう。このダンスパーティは将来、社交界に出たときの予行演習も兼ねている。だからみんな、それなりの恰好をしてくるんだ。つまりタキシードだ。男子はそれが基本だ」

「パーティだし、派手めのチェックスーツとかで来る人もいるけど、やっぱりブラックタイが多いかな。制服は絶対駄目ってわけじゃないけど、勇輝君はオープニングで一年生代表として純奈様と踊るわけだから、ちゃんとしないと本当にやばいと思うよ？」

「え、そうなのか……参ったな、うちにそんな服はない」

一応、なにかのときに備えてネイビーのジャケットが一着だけあるのだが、ブラックタイなどと云われると困ってしまう。

「昔、ピアノをやっていたときはどうしていたのです？　発表会の場ではスーツやタキシードなどを着るはずですが」

千影にそう問われて、勇輝は小学生のときのピアノの発表会を懐かしく思い出した。

「たしかにスリーピースのブラックスーツに蝶ネクタイとか、やったなあ」

「それは写真を見たいです」

すかさずそう云った純奈に、勇輝は「今度ね」と笑って返し、千影に目を戻した。

「でも全部レンタルだよ。自前で用意してもどうせすぐに体が大きくなって着られなくなるって母さんが云うし、実際その通りだと思ったから、その都度借りていたんだ。って、そうだ。レンタルしよう。それがいい」

たまにしかないフォーマルシーンでは、それに合わせたレンタル衣装のサービスをやっている業者が山ほどある。服がないなら借りればいいのだ。

「それでは、衣装はこちらで御用意いたしましょう」

千影の提案に勇輝は目を丸くした。

「……いいのか？」

「お嬢様のパートナーとして人前に出る以上、それなりの恰好をしていただかないと私たちが困ります。恥を掻くのは、あなたではなくお嬢様なので」

千影の声には有無を云わせぬ強さがある。

さらには純奈までもがこう云った。

「勇輝君はかっこいいですけど、ちゃんとした恰好をすればもっとかっこよくなるので、私もそれがいいと思います」

二人にそう云われて、勇輝はもうつまらない遠慮は捨てることにした。

「オーケー、わかった。お世話になります」

深々と頭を下げた勇輝が、ふたたびその頭を上げたとき、千影はどこからか取り出したメジャーを手にしていた。

目が合うと、千影が一歩踏み込んでくる。

「では上着を脱いで。あなたの体の寸法だけ測らせてください」

「なんでメジャーなんか持ってるの？」

「メイドの心得です」

そういうものだろうかと不思議に思っていると、純奈が勇輝の後ろに立って、手振りでなにかを求めてきた。以心伝心、勇輝は制服の上着を脱ぐとそれを純奈に預け、大人しく千影の測定を受けるのだった。

勇輝のジャケットを大事そうに抱えた純奈がそれをにこにこと見守っていて、レオたちはそろそろ帰りたいといった顔をしている。勇輝はそれに気づいて云った。

「レオ、会長、古賀さん、お疲れ。お先にどうぞ」

「君に名前で呼び捨てにされるいわれはないが……」

「いいじゃん。もう友達だろ。レオも俺のこと勇輝って呼んでいいからさ」

「この男はそういう厚かましいところがあるので、御剣さんも諦めた方がいいですよ」

千影はそう云うと、勇輝に後ろを向かせてまた別の場所の測定を始めた。

〔番外〕千影のお嬢様レポート9

ある日の夜、純奈は部屋のベッドに寝転(ねころ)びながら携帯デバイスを眺(なが)めていた。さっきからずっと、勇輝に送ってもらった彼(かれ)の子供のころの写真を見てにこにこしているのだ。

千影も純奈のベッドに腰かけて、純奈と一緒に勇輝の写真を見ていた。これは七歳(さい)くらいの写真だろうか。ピアノ発表会のときに撮影(さつえい)したものらしい。

「……あの男も、小さいときは可愛いものですね」

「写真のなかに入ることができたら、ほっぺに触(さわ)ってみたいくらいです」

千影は相槌を打ち、携帯デバイスのなかに垣間見(かいまみ)えた今日の日付を見て思った。

「そういえば、真田勇輝の誕生日はどうするおつもりですか？　ダンスパーティ当日と重なりましたから、特別なイベントを考える必要はありませんが……」

「はい、問題はプレゼントですね。これはずっと悩(なや)んでいます。お母様にも相談しましたが、分不相応なものは本人のためにならないからやめなさい、とだけ云われました」

「それが賢明(けんめい)です」

純奈がその気になれば、勇輝にはどんな高価な時計でもアクセサリーでもプレゼントしてやれる。だがそれを身に着けている勇輝を、周りがどう思うか。本人がどこかの御曹司ならまだしも、自転車屋の息子なのだ。ブランド品などを持っていたら、恋人に甘やかされていると評判を落としかねない。

「私は最初、新しいピアノをプレゼントしようと思っていたのですが……」

「それは彼の家のスペースの問題もありますから、絶対にやめましょう」

千影が心から云うと、純奈はしゅんとしながらも頷いた。千影はそんな純奈を気にかけながら、思いつくままに云った。

「学生ですから、筆記具などよいかもしれません。実用性がありますから、少し良いものを使っていたとしても、あまり気にはされないでしょう」

「筆記具……」

純奈の反応はいまひとつだった。

「季節が冬なら、手編みの手袋やマフラーなどでもよかったかもしれませんが」

「手作り……」

千影がアドバイスをするたびに、純奈の悩みは深くなっていくようである。

「あまり考えすぎずに、お嬢様のお気持ちが伝わるものをそのまま渡せばよいのです」

「そう、そうですね……私の気持ち……ハートが伝わるもの」

そこで純奈は、はっとしたようにベッドから飛び起きた。

「私の方からキスしたら、勇輝君はどう思うでしょうか？」

「考えすぎずにと云ったでしょう」

「気持ちが伝わるものをと、云いました」

純奈と千影はお互いそう云って睨み合い、やがて二人同時にくすくすと笑った。

それから千影は気を取り直して云った。

「……まあ、喜ぶと思いますよ。喜ばなかったら、私が制裁を加えます。でもやはりお菓子にしませんか？　食べてしまうものなら、最高級品を贈っても問題ないと思います。胃の腑へ消えてしまうので」

「そうですね。それがいいかもしれません」

純奈はあっさり納得すると、ベッドに仰向けに体を横たえた。

「勇輝君の誕生日のあとに、もう一つ記念日が控えていますから、その日のことも考えておかないと……」

「お嬢様、もう一つの記念日とは？」

「もちろん、私と勇輝君が出会ってちょうど一年目の記念日です」

ああ、そうか――と千影は感慨深げに思い出を振り返った。

緑川奏の追悼コンサートのあと、ちょっと目を離した隙に純奈がいなくなった。生まれてこの方、あれほど血の気の引いたことはない。

そして駅の構内でピアノを弾いている純奈を見つけ、真田勇輝と出会った。

あれから一年になるのだ。

「勇輝君、忘れてないですよね？」

「もちろん、憶えているに決まっています」

――でもあとで念のため、真田勇輝にリマインドしておきましょう。

彼は今、ワルツのことで頭がいっぱいだろうから、うっかり失念している可能性もなくはない。その場合、純奈は大変に失望するだろう。

そうならないように手を回しておくのも、メイドの務めである。

第五話　運命の出会い、亡き王女のいたずら

ダンスパーティ前日の土曜日の午前、勇輝は天光院家のゲストハウスへ招かれていた。

ここへ来るのは昨年のクリスマスイブ以来だが、屋敷のなかへ通されるのは初めてだ。

純奈や千影の案内で屋敷のなかを見て回った勇輝は、屋敷の広さ、部屋数の多さ、彫刻や絵画や楽器があちこちに置かれている豪華さに圧倒されていた。

「……なんだろう、言葉が見つからない。超豪華なホテルや別荘ってこんな感じなんだろうか。でも小奇麗すぎて生活感はないよな」

「用途がパーティと宿泊ですからね」

千影がそう云った通り、寝室も見せてもらったが、ホテルのように整えられていて普段から人が寝起きしている雰囲気はなかった。

「今はがらんとしてるけど、クリスマスのときはここが人でいっぱいだったのか……」

「次のクリスマスは、勇輝君も一緒ですよ」

純奈にそう云われると、勇輝は嬉しくて仕方がなかった。この豪華なゲストハウスを使

えることが、ではない。純奈と一緒にいられることが嬉しいのだ。

　そして最後にやってきたのは、やたらたくさんの椅子がある部屋だった。大きなテーブルの傍にはパイプハンガーが置かれており、そこには白いシャツや黒いジャケットなどが掛けられている。今日ここへ来た目的がこれだ。

　部屋には数人の男女がいて、勇輝たちが入ってくると一斉に頭を下げた。勇輝はその光景に恐縮し、千影に低声で訊ねた。

「山風衆の人たちか？」

「いえ、彼らは普通に採用された一般人ですね。本邸ではないので、山風衆以外の人も出入りしていますよ」

　千影はそう云うと、彼らに挨拶をしてからなにごとか指示を飛ばし、勇輝を手招きした。

「では衣装合わせをしましょうか」

「了解」

　勇輝は頷いて、着ていたパーカーを脱いだ。すぐに女性が一人寄ってきて、パーカーを受け取ってくれる。

「ありがとうございます」

　そんな勇輝に、純奈は微笑んで云った。

「では、私はいったん、退室していますね。お部屋の外で待っていますから」

「うん」

今日はダンスパーティで着る衣装の試着をすることになっている。勇輝としては純奈に下着姿を見られたところでなんともないが、純奈は違うのだろう。

純奈が椅子を一つ持って下がったあと、手早く服を脱いだ勇輝は、今日着る衣装がオーダーメイドだと聞いて倒れそうになった。

「一日しか着ないかもしれないものを、わざわざ一から仕立てたっていうのか？」

「たった一度しか着ない服であっても、パーティでお嬢様の隣に立つなら完璧な装いをしていただきます。あなたの体のサイズは測らせてもらったので恐らく大丈夫だとは思うのですが、とにかく合わせてみてください」

千影の言葉に勇輝は思うところもあったが、これが超一流のやり方なのだろうと気持ちを切り替え、ひとまず白いシャツに袖を通した。着てみてすぐ、勇輝が普段着ている服とはモノが違うのだということが、文字通り肌でわかった。

「この白いシャツ、一見してなんてことないシャツなのにすごく着心地がいい」

「最高級のコットンを通常より細い糸にして織った生地ですからね」

「ボタンもなんか虹色に光ってるし……これ、プラスティックじゃないよな？」

「貝です」

「か、貝？　貝ってボタンになるの？」

勇輝の驚きぶりに、介添えをしていた使用人たちがくすくす笑っている。

「なります」

千影はそう云うと、今度はテーブルの上にあった小箱を手に取った。指輪でも入っていそうなその箱から出てきたのは、キノコのような形をした銀色の金具だった。キノコの傘にあたる部分には真珠が飾られている。

「なにこれ？」

「カフリンクスです。手を出してください。こうやってつけます」

勇輝が云われたように手を出すと、千影はシャツの袖をカフリンクスで留めた。つまりシャツの袖に専用の穴が空いていて、その穴にキノコで云うところの軸を通して固定する。するとシャツの袖が真珠で飾られた。つまりこれは、ボタンの代わりにシャツの袖を留めて飾るアクセサリーなのだ。

「おお、かっこいい……！」

こんなおしゃれなもの初めてつけたぜ、と震えた勇輝は、それから千影たちの手を借りて着替えを進めたが、ジャケットを受け取ったところで目を瞠った。

「あれ、これもしかして燕尾服ってやつなんじゃ……男子はタキシードじゃないのか？」

「たしかに御剣さんはそれが基本とおっしゃっていましたが、あなたは一年生の代表として踊るので、ほかの男子がブラックタイなら、より格上のホワイトタイにすべきかと思いました。それに社交ダンスの大会などでも男性は燕尾服を着用していますからね」

たしかに、ワルツの動画などでは、男性は燕尾服を着ていた。燕尾服とはその名の通り、ジャケットの背中の裾が燕の尾のようになっていて長いので、踊るとそれが翻って見栄えがよいのだ。

「異論がなければ、着ていただいて構いませんか？」

「……わかった。覚悟を決めた」

そうして勇輝は燕尾服を身にまとい、エナメルの黒い靴を履いて完璧なドレススタイルへと変貌を遂げた。

姿見の前に立って鏡を見ていると、知らない自分がそこにいるようだ。そして千影は、行きつ戻りつして勇輝を色々な角度から見ている。

「見た感じサイズはあっていますが、どうですか？」

「ぴったりだ。びっくりするほど着心地がいい」

勇輝は体操でもするように腕を回してみたが、窮屈な感じがまったくない。

「お直しは必要なさそうですね」

使用人の一人がそう云うと、千影は頷いて彼らを振り返った。

「みなさん、御苦労さまでした。あとは私が引き受けますので、仕事に戻ってください」

すると使用人たちは千影に一礼し、整然と退室していった。

それと入れ替わりに部屋のなかに戻ってきた純奈が、勇輝の前に立つ。

「勇輝君、かっこいいですよ」

「……ありがとう。でもちょっと息苦しいから、大至急脱ぎたい」

白い蝶ネクタイを緩めようとした勇輝を、横から千影が制した。

「いえ、このまま一曲踊ってください。本番はその服で踊っていただくことになりますが、着慣れない服でいきなり踊るのは、あなたも困るでしょう?」

「……たしかに」

「息苦しいのはあなたの心理状態に原因があります。その服に慣れてください」

「……よし、わかった」

勇輝は腹を括ると、きらきらした目をしている純奈の腰に片手を添えた。千影が如才なく、携帯デバイスで音楽をかけてくれる。

そうしてワルツが幕を開けた。

……。

踊り終わり、元の服に着替えた勇輝は、部屋にたくさんあった椅子の一つに座ると、ハンガーにかけられている燕尾服を見た。皺にならないよう、千影がきちんと整えてくれている。

「お疲れさまでした」

そう云って近づいてきた千影に勇輝は苦笑いをした。

「本当、疲れたよ。体力的には全然大丈夫だけど、精神的な意味で疲れた」

「それなら、お茶にしませんか？」

純奈が勇輝の座っている椅子の背もたれに手を置いてそう云うと、勇輝は頷いた。

「うん、そうだね。喉が渇いた」

そんな二人の会話を聞いて、千影が「では……」と云いかけたそのときだ。ノックの音がして、扉が少し開いた。

「お嬢様、よろしいですか」

「まあ小四郎、どうしたのですか？」

やってきたのは山吹小四郎だった。千影の叔父で純奈のボディガード兼運転手だ。純奈にはいつも千影がついているが、実は小四郎もつかず離れずで同行している。今日このゲストハウスにやってくるときも、車移動で、運転手は小四郎だった。大柄で筋肉質、かつ目つきが狼のように鋭いので、勇輝は最初彼のことが怖かったが、最近はそうでもない。

その小四郎が云った。

「奥様がいらっしゃいました」

「あら、お母様が？」

純奈が嬉しそうに口元を綻ばせた。一方、勇輝は少しばかり緊張していた。

――魅夜さんか。

純奈の母親、天光院魅夜。勇輝は純奈と出会うまで、彼女のことは知らなかった。天光院グループの顔としてメディアに露出の多い晴臣と違い、魅夜は一切、表に出ない人物だったからだ。だがその実、彼女こそが天光院家の頂点に君臨する女王なのだ。

そんな魅夜とは、一度だけ直接会って挨拶している。今日が二度目になるだろう。

「挨拶した方がいいですよね」

「もちろんだ」

勇輝の言葉に、小四郎が頷きを以て返すと、勇輝は椅子から立ち上がって、衣装を試着したときに使った姿見で身なりを確認した。

千影が寄ってきて、勇輝と一緒に服の乱れを直してくれる。

「くれぐれも奥様には失礼のないように」

「わかってる。でも純奈さんとの交際は認めてもらってるから、大丈夫だろう」

たぶん、きっと――勇輝はそう思いながら、魅夜に挨拶したときのことを思い出した。

◇

ここで時間は過去へと遡る。

あれは四月一日、勇輝が貴煌帝学院に入学した日のことだ。純奈と正式に交際することになった勇輝は、その日のうちに彼女の両親に挨拶しようと、千華に持たされた手土産を手に、純奈とともに天光院邸へと向かった。

そこで晴臣に息子と呼ばれたあと、屋敷の応接間で魅夜と初めて対面したのだ。

緊張している勇輝に、純奈は笑顔で母を紹介した。

「勇輝君、私のお母様です」

「初めまして、母でーす」

魅夜は満面に笑みを浮かべ、前に出した両手をひらひらと振ってきた。勇輝は拍子抜けしてしまった。事前に晴臣から『魅夜はまだ君に納得していない』とか、小四郎から『奥様もおまえを快く思っていない』などと聞いていたので、どれほど冷たくあしらわれるか恐々としていたのだ。

嬉しさと驚きにふわふわした気持ちで、勇輝は魅夜に向かって云った。

「初めまして、真田勇輝です。純奈さんとお付き合いすることになったので、ご挨拶に伺いました」

「そうなの」

魅夜の返事は短く、微笑んだままだ。

純奈はそんな魅夜の斜め後ろに控えているダークスーツの男を見て云った。

「それからもう一人、お母様の専属執事の松風瑠璃人さんです」

「松風と申します。以後、お見知りおきを」

瑠璃人はそう云って一礼した。年齢は四十歳手前といったところか。長身瘦躯で鷹の目をしたハンサムな男だが、モノクルをかけた左目の上に縦一文字の傷が走っている。それがちょっと物騒な感じがした。

「こちらこそ、よろしくお願いします」

瑠璃人にそう挨拶を返しながらも、勇輝は彼を一目見た瞬間から奇妙な既視感にとらわれていた。自分でも不思議に思いながら、ぼんやりと訊ねてしまう。

「あの、失礼ですが、もしかして以前にどこかでお会いしたことがありますか?」

するると瑠璃人は目を丸くし、それから微苦笑して云った。

「古い手ですね。お嬢様にもそうやって声をかけたのですか?」

「いやいや、全然違います!　すみません、変なことを云って」

「いいえ、お気になさらず。きっと他人の空似でしょう」

そうだろう。初対面のはずだ。なのに勇輝は、なぜか瑠璃人に見覚えがあるような気がしてしまった。それがなぜかは、わからない。

——まさしくデジャヴってやつだな。

勇輝がそう納得していると、晴臣がみんなをソファに座るように促した。勇輝は純奈と並んで座り、テーブルを挟んで正面に魅夜、右斜め前に晴臣という席次になった。

瑠璃人は魅夜の傍に立って控え、千影はお茶の用意をしている。そのあいだ勇輝たちは、勇輝と純奈の馴れ初めや受験のことなどを話していた。魅夜は柔和に微笑んでいたけれど、一度も勇輝を見なかった。やはり先ほどの笑顔は演技だったのだ。そう簡単に認めてもらえるわけではないらしい。そう思っていると、千影がお茶を運んできた。

それをきっかけに、勇輝は踏み込むことにした。

「あの!　純奈さんのお母さん」

たちまち魅夜の眼差しが勇輝を捉えた。闇の底からこちらを見つめる、黒く深い夜の瞳だ。星は神々の瞳という神話があったが、そんな感じさえする。純奈や晴臣たちが注目するなかで、勇輝は云った。

「俺と純奈さんがお付き合いすることを、許していただけますか?」

「駄目と云ったら大人しく別れてくれるの?」

「いえ、それは無理です」

「だったら、今のは無意味な問いね」

ふふふと笑って、魅夜はそれ以上の会話を拒むようにお茶に口をつけた。勇輝と純奈は固まってしまったが、それを見かねたのか、晴臣がとりなすように云う。

「勇輝君はなかなかガッツがあって、見どころがあるぞ」

「そう」

「なにより、純奈が自分で選んだ相手だ」

それには純奈が勢いよく頷いている。魅夜はそんな純奈を見て、ちょっと目を和ませた。

「わかっているわ。だから無理に別れさせようとは思わない。それをしたところで純奈が傷つくだけだものね。唯一、純奈を納得させられたのはあなたが受験に失敗することだったけれど、それも見事に合格してしまったし……こうなっては、私の負けよ」

「いや、勝負をしたつもりはないので……」

勇輝はそう云ったが、魅夜は不思議な微笑みを浮かべていた。

なんとなく、奇妙な雰囲気だと勇輝は思った。この微妙な空気を変える一手はないものかと考えた勇輝は、そのとき手土産のことを思い出して膝を打った。

「あ、そうだ。実は渡すものがあって。今朝、家を出るときに母に持たされたんです。純奈さんの御両親にって」

勇輝は鞄から紙袋を取り出した。そこには二つの包みが入っている。

「えっとたしか、こちらがお父さん宛で、こちらがお母さん宛です。それとお母さん宛には手紙もあって、なにが書いてあるのかは俺も知りません」

晴臣に差し出した包みは晴臣が直接受け取ったが、もう一つの包みと封筒には瑠璃人が手を伸ばしてきた。

「お預かりします」

瑠璃人は包みと封筒を胸に抱きかかえるようにした。

一方、晴臣はさっそく包みを開けている。紙箱が出てきて、そのなかには緑色のネクタイがあった。

「ふむ、いいじゃないか。ビジネスマンにはネクタイが何本あっても困らない。それに緑は私の好きな色だ」

「今の季節にもぴったりね」

喜んでいる晴臣を見て、魅夜が初めて嬉しそうに笑った。やっと本当の笑顔を見せてくれたと思ってほっとする勇輝の肩に、純奈が手を置いてくる。

「よかったですね」

「うん」

いつだったか、純奈が千華のリサーチに協力してくれたおかげだ。晴臣は紙箱をテーブルに置くと、魅夜に目を向けた。

「そちらはなにを貰ったんだ？」

魅夜は一つ頷くと、瑠璃人に目をやった。

「瑠璃人、開けてちょうだい」

「畏まりました。それでは失礼して」

瑠璃人は懐から銀色のペーパーナイフを取り出すと、それで綺麗に包装紙を切り、なかから出てきた紙箱を目にして微笑んだ。

「焼き菓子ですよ。魅夜様のお好きなやつです」

瑠璃人から手渡された紙箱を手にした魅夜は、目を瞠った。

「私が子供のころに、好きだったお菓子よ」

「まあ、そうなのですか。それは私も知りませんでした」

純奈の言葉にぼんやりと相槌を打ちながら魅夜は云う。

「味はなんてことないんだけど、かたちが面白いのよ。丸に三角、色々あってね。クッキーを包んである銀紙も色とりどりで、私は好きだったわ。でも最近は手に取る機会がなかったから、純奈は知らないのね」

そう云って紙箱をテーブルに置いた魅夜に、瑠璃人が封筒を開封して渡す。魅夜は取り出した便箋を広げて目を通し、そのまま時間が止まったように動かなくなった。十秒、二十秒……一分経っても微動だにしないので、さすがに晴臣が心配そうな顔をした。

「魅夜、どうした？」

「……いえ、ちょっと、待ってちょうだい」

魅夜は胸に手をあてて深呼吸すると、晴臣に便箋を差し出した。それを受け取って目を通した晴臣が、怪訝そうに首をひねる。

「ふむ、これはまたずいぶん率直な手紙だな」

「お父様、私にも見せていただけますか」

そうして千華からの手紙は純奈の手に渡り、勇輝は純奈と一緒に手紙に目を通した。

そこにただ一行、こうあった。

――未熟な子ですが、お嬢様を想う気持ちは本物です。勇輝を許し、お力添えを。

そして普通、署名のあるところには青い小さな押し花がしてある。

「お母様、この花は……」

「ベロニカの花よ。ふふっ、可愛いことをするわね」

魅夜は笑っていたが、勇輝としては、この手紙は用向きだけを率直に書きすぎていて不躾ではないかと思った。いったい、千華はなにを思ってこんな手紙を添えたのだろう？

そう考えているあいだに、手紙は純奈の手から瑠璃人の手に渡った。

瑠璃人は、それを魅夜に返す前に自分でも軽く目を通して云った。

「綺麗な字ですね」

「そうね……字というものには人間が出るわ。どんな人が書いたか、わかるものよ」

ふふふふふ、と肩を揺すって笑っている魅夜に、瑠璃人が手紙を差し出した。

それを受け取ろうとした魅夜は、ふとなにかに気づいたように云った。

「……瑠璃人、あなた、この手紙をどう思う？」

「シンプルでいいと思いますよ」

「……それだけ？」

「はい」

「そう。ならいいわ。でも、気づいたことがあったなら、ちゃんと報告してね」

そんなやりとりをして瑠璃人から手紙を受け取った魅夜は、それを目の前に置くと小さくため息をつき、それから勇輝に眼差しを据えた。

「素敵な手紙とお菓子をありがとう。そしてさっきも云ったけど、無理に別れさせようとは思わないから安心なさい。もっともあなたと純奈は不倶戴天のロミオとジュリエット……いずれ大きな問題が起こることは避けられないでしょうけれど」

そう聞いて、勇輝はすっくりと立ち上がると魅夜に向かって一礼した。

「いいえ。庶民であってもお嬢様を守れるように、誠心誠意、努力します」

「そう。なら、あなたと純奈の交際を認めましょう」

そのとき晴臣が横から魅夜の手を握って、嬉しそうに云った。

「魅夜、ありがとう」

「……純奈のためよ」

魅夜はそう云って、晴臣の手に手を重ねた。そこへ純奈が感激の面持ちで立ち上がった。

「お母様、ありがとうございます！」

「ありがとうございます！」

勇輝もまた深々と頭を下げた。魅夜が心から勇輝の存在を喜んでくれているわけでないことは肌で感じられたが、上辺だけでも容認してくれてよかった。

「きっと、いつか、心から認めてもらえるように頑張ります」

「ええ。期待してるわ」

言葉とは裏腹に声は冷たく響き、魅夜の勇輝を見る目も氷のようだったけれど、晴臣だって勇輝を認めてくれるまでに一年かかった。魅夜とはこれが初対面だから、すべてはこれからだろう。

「……頑張ります！」

「二回も云わなくていいわよ」

そのやりとりに笑った晴臣が、気を取り直したように云った。

「さて、こうなると一度、私たちで勇輝君のお母さんに挨拶に伺わねばならないな。彼の身辺調査も改めてやらねばならん。悪いが今度は徹底的に調べるぞ。君のお母さんにも話を聞いて、父親が誰なのかは突き止めさせてもらう」

「晴臣」

勇輝が息を呑む間もなく、魅夜が云った。

「それは私がやっておくわ。あなたは忙しいでしょう？」

「む？　まあ、それはそうだが……」

「任せてちょうだい」

魅夜の口ぶりには有無を云わせぬものがあった。

晴臣と魅夜は、しばしお互いの目のなかを覗き込み、やがて晴臣が頷いた。

「わかった。君の云う通りにしよう。だがいずれは私も挨拶しなくてはならない」

「ええ、わかっているわ。段取りは私が組むから、勝手なことはしないで」

にっこり微笑んでそう云った魅夜は、この話は終わりとばかりに話題を変えた。

「さーて。それじゃあ堅苦しい話はこれで終わりにして、お昼にしましょうか。勇輝君には、もっといろいろな話を聞きたいわ」

「は、はい」

魅夜が勇輝に向ける笑顔は、嘘なのだということくらいは、勇輝にもわかった。それでも睨まれているよりはずっとましだと思って、勇輝はほっとしていた。

……。

そのあとは屋敷の食堂でみんなで食事をし、それが終わると晴臣と魅夜はそれぞれの予定に向かった。最初に晴臣が、次に魅夜が去る。その際、魅夜はにこやかに云った。

「それじゃあ勇輝君、ゆっくりしていきなさい。千影、あとは頼んだわよ。くれぐれも失礼のないように、時間をかけてもてなしなさい」

「かしこまりました」

千影は完璧な人形のように一礼する。

「それじゃあ純奈、勇輝君、あとはごゆっくり」

そうして魅夜が去ると、千影は人形から人間に戻ったような動きで顔を上げ、ほっとしたような顔をして勇輝を見てきた。

「というわけで、ここからは私がもてなします」

そうして勇輝は千影にお世話されながら、純奈と日が暮れるまで屋敷で過ごしたのだ。

帰りは、小四郎が車で勇輝を送ってくれることになった。車はいつも純奈の送り迎えに使っている高級車ではなく、右ハンドルのセダンで、勇輝は後部座席にいた。

純奈の両親への挨拶が無事に終わってほっとしている勇輝だったが、沈黙が続くとだんだんつらくなってくる。小四郎は見た目通りに寡黙な男で、冗談を云ったりお喋りをしたりするタイプではない。ひたすら黙って車を運転している。だが重たい雰囲気に堪えかねた勇輝は、ハンドルを握っている小四郎に思い切って声をかけた。

「小四郎さん」

「なんだ？」

「いや、なにか話でもしようかなと思ったんですけど、話題が見つからなくて」

勇輝の投げたボールは、遠くまで届かずにぽてぽてと転がった。しかし意外にも、小四郎がそれを拾って投げ返してくれた。

「……お嬢様との交際について、奥様のお許しは得たか？」

「は、はい。でもあくまで『仮』という感じでした。心の底から俺を認めてくれているとはまったく思えません」

「……だろうな」

「だけど誠意をもって接すれば、いつか認めてくれると信じています」

「……そうか。だがこれだけは覚えておけ。天光院においては、魅夜様の御意志がすべてに優先する。たとえ旦那様がおまえを認めても、俺や千影が個人的におまえを好きになっても、魅夜様がそうしろと命じたら、俺たち山風衆はおまえを排除するだろう」

その言葉の重みをずっしりと受け止めて、勇輝はしばらく黙っていた。東京の夜の街並みが、窓の外を後ろに流れていく。やがて勇輝はぽつりと云った。

「……魅夜さんが、天光院のトップなんですね。晴臣さんは、婿養子だから」

「……旦那様から聞いたのか」

「はい」

「……お二人が結婚されける前のことも、聞いたか？」

勇輝は、これを口にしてよいのかどうか迷ったが、小四郎は年齢的に知らないはずがないと思って云った。

「晴臣さんが自転車屋の息子だってこと、小四郎さんは知ってるんですか？」

「……ああ。俺や瑠璃人は、魅夜様が結婚される前からお仕えしているからな。特に俺は、お二人に弟のように可愛がっていただいた。姉が魅夜様の専属だったからな」

「姉っていうと……千影の？」

「そうだ。千影の母親は、魅夜様にお仕えするメイドだった。ちょうど今の純奈お嬢様と千影のような間柄だったな。だが、もういない」

「……千影が一歳のときに亡くなったって、聞いてます」

勇輝がそう云ったが、小四郎はなにも云わなかった。今度のボールは返ってこない。

その代わりに、小四郎はこんなことを云った。

「……姉がいたころの魅夜様は、今の純奈お嬢様のように純真だったが、天光院の当主になると覚悟を決められてからは、恐ろしい御方になられた」

勇輝はちょっと戦慄したが、しかし希望はあるはずだと思って、フロントガラスの向こうに目をやった。

「それでも大丈夫。だって晴臣さんの愛した女性で、純奈さんのお母さんなんですから」

すると驚いたことに、小四郎がちょっと笑った。いつも無表情なこの男が笑ったところを、勇輝は初めて見たかもしれない。

「……そうだな。魅夜様の愛するお嬢様の愛が、おまえの命綱だ。お嬢様がおまえを愛している限り、魅夜様はもうおまえを攻撃しないだろう。だから大切にしろ」

「はい！」

◇

先日の魅夜との初対面の日のことを思い出しながら、勇輝は魅夜と再会していた。

広いホールで、中央の壇上にはグランドピアノが据えられている。魅夜はピアノの椅子に座って、勇輝たちを待っていた。

「しばらくぶりね、勇輝君。元気だった？」

「はい」

そこへ純奈が、母犬を見つけた子犬のように駆け寄っていく。

「お母様、どうしてこちらに？」

「ちょっと様子を見にきただけよ」

魅夜は慈しみの目をして、純奈の頭を優しく撫でた。純奈は安心したように目を細めている。そんな親子の光景を見て、なぜだか勇輝まで安心してきた。

「ところで、うちの母とはいつごろに会うんでしょうか」

先日、千華に挨拶しなくてはと云った晴臣に、魅夜は自分がやると答えていたが、結局音沙汰なしだ。どうなっているのか知りたかったが、魅夜は小首をかしげて云った。

「もう会ったわよ?」

「えっ?」

勇輝も純奈も目をぱちくりさせたが、魅夜は黙って微笑んでいる。

冗談ではないのだと悟って、勇輝は顔色を変えた。

「い、いつですか?」

「あなたがうちへ来た日よ。お昼ご飯を食べたあと、すぐに挨拶に行ったわ。あなたは日が暮れてから帰ったそうだから、すれ違いになったのね」

「……そんなこと、母からは聞いてませんよ?」

「云わなかったのでしょう」

勇輝は開いた口が塞がらなくなった。

——マジかよ、母さん。なんでなんにも云わないんだ？

勇輝はこのあと家に帰ったら絶対千華を問い詰めてやろうと思ったが、結局それは千華に『大人同士で話をしただけだ』と一蹴されることになる。

一方、純奈はいいアイディアを思いついた顔をして、魅夜の肩を揺すった。

「お母様、それでしたら次はお父様も交えて食事会を開きましょう」

「両家で？」

「はい。私たちと、勇輝君の御家族と、もちろん千影や小四郎や松風さんも。お父様と勇輝君のお母様はまだ会っていないはずですし……どうでしょうか？」

「……いい案だわ。でも全員の都合を合わせるのは大変でしょうから、またいつかね」

「はい」

またいつか。それは約束ではなかったが、純奈は無邪気にそのいつかを信じているようだ。ともあれ、勇輝がようやっと衝撃から立ち直ったときだった。

突然、魅夜がピアノで和音を鳴らした。音楽の授業のときの起立や礼にともなうあれだ。思わず勇輝たちが注目したところで、魅夜が云う。

「そんなことより、本題よ。明日のダンスパーティ、瑠璃人に様子を見に行かせるつもりだけど、せっかくだから、この場で踊ってみせてちょうだい。千影から報告は受けているけど、あなたたちのワルツをこの目で見たいわ」

勇輝と純奈が目を見交わした。突然のことではあるが、踊れと云われて見せられないような状態ではない。ダンスパーティを明日に控え、準備は万全だ。

千影が魅夜のところへ歩を運びながら云う。

「奥様、曲はどういたしましょう」

「私が弾くわ」

その言葉に驚いた勇輝を、魅夜がちょっと笑った。

「幼いころの純奈にピアノを教えたのは私よ？」

「でしたら、お願いします」

そう云った勇輝の傍に、純奈が寄ってくる。勇輝は彼女と向き合ったあとで、がらんとしたホールのなかを見回した。

「クリスマスのとき、ここでパーティが行われていたの？」

「はい。今はテーブルなども片づけられていますが、おかげで踊るのには最適ですね」

そんな話をしながら、二人はどちらからともなく手と手を重ね、指を絡ませ合った。まるでなにかの約束を交わすかのように。

そして魅夜のピアノが、優雅なワルツを奏で始める。

……。

踊り終えると、魅夜は少しばかり機嫌のよさそうに笑った。

「見事だったわ。これなら安心ね」

「ありがとうございます」

一礼した勇輝に、魅夜が別の角度から覗き込もうという目をして云う。

「それじゃあもう一曲、この曲で踊れる？」

果たして魅夜がさわりのところだけ弾いたのは、勇輝にとって思い出深い曲だった。

純奈がぽつりと云う。

「亡き王女のためのパヴァーヌ……」

それは一年前、緑川奏の追悼コンサートで純奈が演奏した曲の名前である。勇輝にとっては純奈を初めて見た記念の一曲だが、これで踊れと云われても困るのだ。

「待ってください、これはワルツの曲じゃないですよね？　たしかにパヴァーヌは本来舞踏のための曲ですけど、ワルツって普通、三拍子だし……」

音楽には拍子とアクセントがあり、ダンスの振りつけはそれに合わせて作られている。

ワルツは『強・弱・弱』を繰り返す三拍子の音楽で踊るのが普通であり、そのステップも『強』で大胆に、『弱』で軽やかに踊るようになっているのだ。だから二拍子や四拍子の音楽でワルツを踊ろうとしても、曲と足が揃わない。

「それでもやれと云われればやりますが……」

かなり難しいことになるだろうと思っていると、魅夜がくすくすと笑った。

「そうね、やっぱり難しいわよね。意地悪してごめんなさい。でも、私にはこの曲に思い出があったから……」

手を鍵盤から膝の上に戻した魅夜は、虚空に目を上げると、その思い出を語り出した。

「高校一年生の四月に行われるダンスパーティは貴煌帝学院の伝統だから、私のときも当然あったわ。そのときはね、オープニングのワルツをピアノで生演奏したんだけど、ピアニストがいたずらをして、ワルツの途中でパヴァーヌを演奏したのよ。自分が好きな曲だからって、勝手にアレンジして、メドレーにしたのね」

「勝手にアレンジ？　本番当日に、サプライズですか？」

それはあんまりだ。悪ふざけが過ぎる。自分たちの身に起きたとしたら、きっと腹を立てるだろう。

果たして魅夜は大きく頷いた。

「そうなのよ。案の定、そこのところだけおかしくなっちゃってね。踊ってた女の子は困ってたわ。でも男の子の方が、ダンスなんて楽しめばいいからって女の子を励まして乗り切ったの。ダンスが終わったあと、女の子がピアニストに詰め寄った。そうしたらピアニストの子、私ならこの曲でも踊れるって啖呵を切ったの。それならって、私がその場でパヴァーヌを弾いてあげたら、彼女、見事に踊ってのけたわ。ワルツじゃなかったけどね」

「そんなことが……」

ワルツは三拍子のダンスだが、タンゴやルンバなど、二拍子や四拍子のダンスもあるから、きっとそちらに切り替えたのだろう。

「いたずらなピアニストだったんですね」

「ええ。大好きで大嫌いだった、私の友達。もう亡くなったけどね」

勇輝は思わず息を呑んだ。

「彼女が死んだ日の晩、手向けにこの曲を弾いてあげたわ」

魅夜はそう云うと、『亡き王女のためのパヴァーヌ』をワンフレーズだけ弾いた。この曲はこんなタイトルだが、葬送曲というわけではない。しかし結果的にそうなった。

勇輝がしみじみそう思っていると、純奈が前に進み出て云った。

「お母様。その亡くなられたピアニストとは、緑川奏さんのことですね」

因縁浅からぬ人の名前に、勇輝は目を見開いた。

一方、魅夜はさしたる動揺もなく淡々と云う。

「……当時は、時和奏と云ったわ。あの時和グループの御令嬢。彼女も貴煌帝学院の卒業生なのよ。三年生のときには、生徒会長まで務めたんだから」

そう聞いて、勇輝はあっと声をあげながら純奈を見た。

「そうか。前に聞いた、風変わりな性格の生徒会長って」

——お母様もかつては貴煌帝学院の学生で一番の成績だったのですが、生徒会長にはなれなかったそうですよ。なんでも風変わりな性格の御学友が選ばれたとか。

先日の純奈の言葉が、すとんと胸に落ちてきた。

「そういえば追悼コンサートで、晴臣さんが緑川奏さんのことを友人だと云ってたっけ」

「私が晴臣に紹介したのよ。元々は私の友達だったの」

「それで去年、緑川奏さんの追悼コンサートを？」

「ええ。没後十五年の節目だったから、区切りにしようと思ってね。勇輝君こそ、奏には詳しいの？　あなたの世代じゃ、過去の人のはずだけど」

「有名ですからね。まだピアノを習ってたころ、母に緑川奏のＣＤばっかり聴かされたんです。いいからとにかくこの人の演奏を真似しろって、毎日毎晩、家でも店でも彼女のピアノがかかってました。どうも母が大ファンらしくて、去年の追悼コンサートだって一人で行けばいいのに、半ば強引に俺も連れ出されたくらいで……」

「そう、なるほどね……」

頷いている魅夜から目線を切って、勇輝は傍らにいる純奈を見つめた。

「そしてそのおかげで、純奈さんと出会えた」

「お母様の亡き御友人が、私たちを導いてくださったのですね……」

純奈のきらめく瞳が勇輝に注がれている。こんな風に、愛し愛される人とめぐりあうきっかけを、緑川奏が作ってくれたのだ。十六年前にこの世を去ったピアニストが、二人に運命の扉を開いてくれた。

そのとき魅夜が椅子からゆらりと立ち上がって、勇輝たちのところへ歩いてきた。まるで冷たい湖の上を渡るような顔をしている。

「そうね。奏があなたたちを結び付けたと考えたら、本当にやってくれたわ。いたずらばっかりする子だったけれど、死してなおこんなことをしでかすなんて……」

魅夜は楽しいのか悲しいのか、判断のつかぬ曖昧な表情をして続けた。

「あの追悼コンサートをやったのはね、奏のことを忘れたかったからなのよ。でも大人しく過去になってくれるような子じゃなかった。きっと今ごろ、あの世で私を笑ってるでしょうね。さあどうするの？　これから大変なことになるよって、楽しそうに」

「いや、大丈夫です」

勇輝はそう云うと、魅夜の胸に自分の胸を突きつけるようにして云った。

「後悔させません。俺、いつか魅夜さんが、純奈さんの相手が俺でよかったって、そう思えるような男になってみせます。任せてください。俺はやりますよ」

勇輝がそう宣言すると、純奈はたちまち目をきらきらさせた。

一方、千影は青ざめている。奥様を相手にこの命知らず——くらいのことは思っていそうだ。しかし勇輝は本気であった。できると思っていたし、やってみせるという強い気概に満ちていた。

そして魅夜は、そんな勇輝をまじまじと見つめて、遠い過去の記憶を呼び覚まされたようにうっそりと云う。

「……勇輝君」

「はい」

「あなた、お母さんに似てるわね」

「……そう、ですか？」

意表をつかれ、勇輝は目をぱちくりさせた。

勇輝と千華は顔のタイプがまったく違う。似ていると云われたことも、自分でそう思ったこともない。だから勇輝は自分が父親似なのだと思っていた。しかし先日千華に会ったはずの魅夜が似ていると云うのなら、いちいち口答えをすることもないだろう。勇輝はそう思って黙った。黙って、考えた。

――俺は母さんに似てないし、母さんも俺に似てない。どっちかって云うと。

勇輝はなぜ、自分がそんなことを考えたのかわからなかった。わからないまま、顔を振(ふ)り向けた。

「なんです？」

小首を傾(かし)げた千影から、勇輝は慌(あわ)てて目を逸(そ)らした。

「いや、なんでもない」

なぜ、そんな風に思ったのだろう？

勇輝が首をひねっていると、魅夜は思い出したように千影を見た。

「千影、このあとの純奈の予定はどうなっているの？」

「はい。午後からは貴煌帝学院にて、明日のダンスパーティのリハーサルがございます。お嬢様たちもオープニングの段取りを覚えねばなりません」

そうした忙しい予定の隙間(すきま)に手を伸(の)ばすように純奈が云う。

「お母様、お昼ご飯はどうされますか？　よろしければ……」

「いえ、私も予定があるし、あなたたちもゆっくりはしていられないでしょう。移動は早めに、食事はあまり食べ過ぎないように」

「はい」

純奈は健気に返事をしたけれど、どこか寂しそうである。

——本当に、お母さんのことが好きなんだなあ。

そうした純奈の気持ちも大切にしてやりたい。魅夜に、受け容れてもらえる自分にならねばならぬ。勇輝がそう思いながら見ている先で、魅夜は純奈の頬を撫でた。

「また今度ね」

「はい」

純奈の返事を合図に、魅夜は弾みをつけて歩き出した。すれ違いざま、一礼して見送ろうとした勇輝に魅夜が云う。

「青春時代は今だけよ。楽しみなさい」

そうして魅夜は、どこか決然とした足取りでホールを去っていった。

〔番外〕千影のお嬢様レポート10

夕方、ダンスパーティのリハーサルを無事に終えたあと、千影たちは三人で学院近くの公園に立ち寄っていた。

春の公園は芝生が緑色をしてきて、ぽつぽつと黄色い花が咲いていた。蝶が舞っていて、それを指差して笑っている二人を、千影は少し離れたところから眺めていた。

遊歩道を、向こうから犬を連れた女性が歩いてきた。犬の散歩など珍しくもないが、連れている犬が大きい。モフモフした白い毛並みに愛らしい黒い目が特徴の、グレート・ピレニーズだ。その犬とすれ違うとき、勇輝がとろけそうな笑みを浮かべて立ち止まった。すると犬が、勇輝に吸い込まれるようにして彼の膝の辺りに顔を埋めた。

勇輝はたちまち感激した様子で、飼い主の女性に云った。

「すみません、触ってもいいですか？」

「どうぞどうぞ」

すると勇輝は嬉しそうに犬の頭を撫でて戯れ始めた。純奈がそれに加わり、飼い主の女性と世間話などを始めるのを、千影は用心深く眺めていた。

　女性二人が、

「その制服、貴煌帝の学生ね――」

「えっ、こんなに大きいのにまだ子犬なんですか――」

などと話しているあいだ、勇輝はひたすら「よーし、よしよし」と犬を撫でており、

「カップル？　美男美女でお似合いね――」

「この子、優しい目をしてますね――」

と、やはり女性二人が話しているあいだも、勇輝は「よーし、よしよし」と犬を撫でていた。犬はとびきりフレンドリーな性格なのか、初対面の勇輝に対して吠えもしない。

ひとしきり犬を触って満足したのか、勇輝が「ありがとうございました」と礼を云うと、女性は散歩に戻っていった。

　千影は勇輝にするすると寄っていって訊ねた。

「今の方は誰ですか？」

「さあ？　知らない人だけど」

「……初対面ですか？」

「うん。でも犬を連れてる人には話しかけやすいだろ？　その犬、可愛いですねって云え

ば、だいたいにこやかに応じてくれるから」

「……それはあなたが特殊なんです」

　知らない人に話しかけたり、話しかけられたりといったことは、千影にとっては神経を使うことだった。人見知りどうこう以前に、純奈の護衛として警戒心が先に立つ。

　しかし勇輝はそんな気苦労とは無縁のようで、朗らかに思い出話を始めた。

「そういえば話したことがなかったけど、俺も昔、犬を飼ってたんだよ。元は近所のお爺さんが飼ってた犬なんだけど、その人が施設に入ることになっちゃって、うちで引き取ったんだ。その時点でもう老犬だったから、そんなに長くは一緒にいられなかったけどさ、楽しかったな」

　遠い目をしてそう語る勇輝に、純奈が寄り添って訊ねた。

「また飼いたいですか?」

「飼いたい。でも今はそんな余裕はないな」

　実際、勇輝の声には疲れが滲んでいた。なるほど、彼もだいぶ貴煌帝学院に慣れてきてはいたが、授業のペースは速いし、ワルツの練習もある。母子家庭だから家のこともあるだろう。自転車屋の仕事の手伝いもしているとしたら、これはかなり大変だ。

「ちゃんと寝ていますか?」

心配そうに訊ねた純奈に、勇輝は笑顔を作ってみせた。

「寝てるよ」

そんな勇輝を、純奈が無垢な瞳でじっと見つめると、勇輝の偽りの笑顔はたちまち剥がれ落ちた。

「ごめん、嘘をついた。睡眠時間は削ってる。勉強もあるし、ピアノを弾いたり本を読んだりして、夜更かししちゃって……でも犬をたくさん触ったから、元気が出たよ」

それに相槌を打った純奈が勇輝の手を取って歩き出す。やってきたのは遊歩道沿いに据えられていた木製のベンチだった。

純奈はそこへ座ると、自分の膝を手で示した。

「勇輝君。ちょっとだけでもいいですから、寝てみてください。疲れが取れますよ？」

「いや、それは……」

勇輝が躊躇しているのを見て、今度は千影が後ろから云う。

「知らない人の犬は撫でるのに、お嬢様の膝枕は遠慮するのですか？　だとしたらあなたの判断基準について、わりと真剣に問い詰めたいのですが」

「……たしかに」

自分でもおかしいと思ったのか、勇輝は意を決したように純奈の隣に座った。純奈が嬉しそうに勇輝の頭に手を回すと、勇輝は逆らわずに純奈の膝に頭をつけた。

純奈が勇輝の髪を梳いてやると、勇輝が気持ちよさそうに目を閉じる。

「……純奈さんのところの犬は元気かい？」

「会いたいですか？」

「うん」

実は純奈も御屋敷で犬を飼っている。犬は幼少期には子供を守ってくれるし、もう少し大きくなると一緒に遊ぶ友達となり、そして大人になる前に死がなんたるものかを教えてくれると、いつか晴臣が話していた。散歩や餌やりは千影も手伝っているので、千影にとっても愛犬である。勇輝とは何度か会ったことがあった。

「ダンスパーティが終わって時間ができたら、またうちに遊びにきてください」

「そうする」

それを最後に、勇輝はすうすうと寝息を立て始めた。あっという間に眠りに落ちたその姿を見て、千影は信じられないと思った。

「……本当に、寝てますか？」

「寝てますね」

ふふ、と純奈が幸せそうに笑う。お嬢様の膝の上でなんと贅沢な、と千影は思ったけれど、当の純奈が嬉しそうにしているのでなにも云えない。

「勇輝君の寝顔ってこんな感じなんですね。初めて見ました」

「撮りますか？」

千影はすばやく携帯デバイスを取り出して云ったが、純奈はゆるゆるとかぶりを振った。

「いいえ、それはいけません。勇輝君に失礼です」

「……失礼いたしました」

千影はそう云うと、携帯デバイスで叔父の小四郎に連絡を取った。迎えの車を呼んだのだ。風も冷たくなってきたし、完全に暗くなる前に純奈を車に乗せねばならぬ。

「……叔父さん。真田勇輝も、家まで送っていきましょう」

いくら純奈の膝枕とはいえ、ああも簡単に眠ってしまうとは、よほど疲れが溜まっていたのだろう。明日は大事な本番である。車のなかでもう少し寝かせてやるのがよいかと、そう思って千影は云った。

第六話　ファーストダンス、そしてファースト……

ダンスパーティ当日、貴煌帝学院のメインホールは午後五時に開場を迎えた。

パーティの開演はそれから一時間後の六時だ。時計の針が進むにつれてドレスアップした学生たちでにぎわいを増していく会場を、勇輝は善信と、男二人で見て回っていた。

勇輝はシャンデリアの輝きや、絨毯や壁紙の模様がもたらす非日常感にくらくらしていた。本当に、ヨーロッパの貴族の御屋敷にでも迷い込んだような気分である。

「こんなすごいホールが学院の施設とはな。まるで日本じゃないみたいだ」

「たしかに、高級なホテルでパーティとかやるような部屋だよな」

「……俺はそういうホテルに行ったことがないから、知ったような顔をして頷けない」

苦笑いをした勇輝は、そのときテーブルに並べられた豪華な食事やドリンクの数々に目を奪われた。美味そうだと思っていると、善信が遠慮なく料理を摘まんで舌鼓を打つ。

「いいなあ……」

心底羨ましく思って云うと、善信が心外そうな顔をした。

「なんだよ、これ美味いぞ。見てないで勇輝も食べたらどうだい?」

「いや、ワルツの本番まで一時間を切っているから、今は空腹な方がいいんだよ」

多少お腹が空いている方が、いい動きができる。勇輝はそう思って食欲を断ち切ると、改めて会場を見回した。中央はダンスのためにスペースを広く取ってあり、壁際に椅子やテーブルが集中している。ステージでは実行委員のメンバーたちが忙しなく行ったり来たりしているのが見えた。

「しかし保護者らしき人も結構いるな」

「このパーティ、親同士の交流会も兼ねてるところがあるからな。でもうちの親は来てないぞ。なんか忙しいって」

「そしてメイドさんや執事さんも結構いる……」

そう、さっきからドレスアップした少年少女たちのあいだに交ざって、年配の紳士や婦人、そして彼らに仕える執事やメイドと思しき人が大勢いる。そういえば、魅夜も執事の瑠璃人に様子を見に行かせると云っていたくらいだ。

「メイドさんなんて、普通に生活してたら見ないんだけどな」

「そうか?　うちですら家政婦さんとシェフを雇ってるけどな」

「……やっぱり柿沼君も貴族だったんだね」

勇輝がそうぼやくと、善信は声をあげて笑った。

そのときだ。

「お二人さん、お飲み物はいかが？」

横からそう声がしたので見ると、シルバートレイを片手にドリンクを配っていた由美と目が合った。驚く勇輝に、由美がにっこり笑って云う。

「勇輝君、おっす」

「おっす……って、なにしてるの？」

「ちょっとしたお手伝い。レオが実行委員やってるから、私もね。で、どう？」

「もらうよ」

と、善信が由美からグラスを受け取った。中身はもちろんぶどうジュースだ。勇輝も同じものを受け取り、一息で飲み干すと空のグラスを由美に返しながら云った。

「今日のパーティのあいだ、ずっと？」

「手が空いてたらね。お給仕をする専門の人が雇われてるから私がやらなくてもいいんだけど、気持ちだよ」

なんでも空のお皿やグラスを集めて、キッチンへ持っていき、入れ替わりで新しい料理や飲み物を補充しているのだと云う。

へえ、と勇輝が素直に感心した一方、善信は眉をひそめて云う。

「でもうっかりグラスをひっくり返してドレスを汚したら目も当てられないぞ」

「そんなヘマはしませーん」

「ああ、それフラグってやつだから、気をつけて。一回トレイをテーブルに置いてリセットした方がいい」

善信はそう云うと由美から半ば強引にトレイを取り上げ、それを近くのテーブルに置いた。心配性だなあ、とぼやいた由美だが、身軽になるや勇輝を見てにんまり笑う。

「ところで、どうどう？　可愛い？」

由美は勇輝と善信を手で押してスペースを作ると、その場でくるりと一回転した。イブニングドレスのスカートの裾がふわりと控えめに広がる。

「うん、素敵だと思う」と勇輝。

「俺はどう？」

善信が黒い蝶ネクタイを整えて由美に訊ねた。ちなみに勇輝は燕尾服、善信はタキシードという装いだ。どちらもなかなか立派なおぼっちゃんといった感じだった。

「二人ともかっこいいよ」

由美はそう云うと、勇輝と善信のあいだに入ってきて、両手で二人と腕組みをし、辺りをぐるりと一周してきた。

　そのときの弾むような足取りが、勇輝は嬉しい。

「すっかり元気だね。古賀さんはそんな感じで明るくしてる方が可愛いよ」

「えへへへへ、ありがとう」

　そう、レオと上手くいっていなかったときの由美がおかしかったのであって、こちらの由美の方が平常運転なのだろう。

「ところで純奈様は？　一緒じゃないの？」

「控室で休んでるよ。本番前でなんか整えてるみたいだ」

「傍にいなくていいわけ？」

「体調が悪いわけじゃなかったからね。それに千影がついててくれるから平気だろう。そっちこそレオは？」

「さあ、どこ行ったんだか。一緒に捜してみる？　柿沼君も」

　だが会場の人の数はどんどん増えてきていた。ちょっと見回したくらいでは、レオを見つけることはできそうにない。

　それにしてもと勇輝は思う。

「やっぱり違うな、この学校。今日はみんな服装がきまってるせいもあるけど、とても高校一年生とは思えない……」

「えっ、そう？」

驚いた由美に、勇輝は一つ頷いて云った。

「俺がここへ来て一番驚いたのはね、みんなすごく大人だってことなんだ。基本的に礼儀正しいし、言葉遣いも丁寧で、クラスメイトに変なあだ名をつける人は誰もいない」

みんな『くん』か『さん』をつけて呼ぶし、下の名前で呼び捨てにするのは、よほど仲がいい場合だけだ。

「……中一のとき、ほかの小学校から合流してきたやつで素行の悪いのがいて、ちょっかい出されたりもしたけど、ここじゃその手の嫌がらせとか一切ないからな。俺は庶民だから、ここでもそういうことがあるかなって覚悟してたんだけど、杞憂だった」

みんな裕福で育ちがよく、両親の教育が行き届いていて、品行方正だった。つまらない嫌がらせなどが本当にない。

「そして極めつけは、みんなもう進路を決めている。柿沼君は、お父さんのあとを継いで医者になるんだろう？」

「ああ。うちは医者の家系だからね。親兄弟親戚一同、みんな医者。俺もそのつもり」

その目には迷いも葛藤もない。親は親、自分は自分といった悩みは、もしかしたらかつてはあったのかもしれないが、もう通り過ぎている。

そこへ由美がうきうきと云う。

「私はお兄ちゃんいるし、会社の跡取りじゃないけど、経営陣には加わるよ」

「実家が会社をやってるんだっけ？」

「そう。これでも社長令嬢ですから」

ふふんと胸を張る由美を見て、勇輝は羨ましいくらいだった。

「……そういうところだよ、君たちの凄いところは。霧島さんも官僚を目指すと云ってたし、レオも貴煌帝学院を引き継ぐつもりだし、みんなそうだ。将来どうするのかはっきり決めてる生徒が多い。焦ったよ」

「勇輝はなにも決めてないのか？」

「だって俺はまだ高一なんだぜ？」

勇輝の感覚では、高校一年生で将来を決めている方が珍しいと思う。だが貴煌帝学院では逆なのだ。そこが上流階級に生まれた子供たちの、凄いところだ。

「晴臣さんからは、それなりの大学に行ってもらうとは云われてるけど、俺が本当にやりたいことっていうのは……」

「それを私と一緒に探すんですよね？」

その声に振り返ると、赤いドレスを身にまとった純奈が微笑（ほほえ）んで立っていた。その傍には手回り品の入ったトートバッグを持った、メイド服姿の千影がいる。

「純奈さん」

控室で集中しているはずだったが、勇輝を捜しにきてくれたのだろうか。胸がいっぱいになった勇輝に、純奈は微笑んで云う。

「私、忘れていませんよ。勇輝君のやりたいことも、二人で見つけようって」

するとたちまち笑み崩（くず）れた勇輝は、自分の心の音（ノート）を聞いて、改めて思った。

「やっぱり、好きだなあ」

そんな気持ちが口をついて出ると、純奈はたちまち頬を赤く染めた。

「勇輝君、急にそんなことを云われると、困ってしまいます」

「ははは、ごめん。でも君と一緒にいることが、俺の夢になりつつあるなって」

すると純奈が甘（あま）えるように勇輝に近づいてきて、その胸にこつんと額をあてた。勇輝はたまらなくいとおしくなって、その華奢（きゃしゃ）な背中に手を回す。人肌（ひとはだ）のぬくもりに心がみるみる癒（い）やされていくように感じる。

「うわあ、いちゃつきだした……」

善信がそうぼやいたときだった。

「あっ、レオー！」

どうやら由美がレオを見つけたらしい。見ると、人目を憚らぬ明るい声に眉をひそめたレオが、しかしまっすぐ由美の方へ歩いてくる。

「くそ、こっちもかよ！」

善信が渋面を作っているのをよそに、由美がレオにハイタッチを求め、レオがそれに応じている。こちらも気品あるタキシード姿だ。

勇輝は純奈と緩めに抱き合ったままレオに顔を振り向けた。

「よお、調子はどうだい？」

「上々だ。君たちこそ、こんなところで油を売っていていいのか？」

「十五分前になったら、控室に戻るよ」

それから勇輝は、急に独りぼっちになってしまった善信に目をやった。

「そういえば柿沼君はどうするの？　ダンスの相手」

「パーティが始まったら、その場で探すつもりだけど？」

——ということは、決まった相手がいないのか。

勇輝がそう思っていると、善信が千影を見た。

「山吹さん、俺と踊る？」

「お断りします。私はお嬢様のお世話で忙しいのです」

「だよね。メイド服を着てるもんね」

それで勇輝は初めて気がついた。千影がドレスではなくメイド服を選んだのは、私は踊りませんという意思表示なのだ。

「おまえ、踊らないのか。上手いのに」

千影にさんざんワルツのレッスンを受けた勇輝はもったいないと思ったが、千影は涼しい顔をしている。

「はい。私はお嬢様から目を離すわけにはいかないので、踊りません」

「それでいいの？」

純奈が心配そうに、また寂しそうに訊ねたが、千影の表情は変わらなかった。

そこへ今度はレオが云う。

「我々としては、せっかくダンスパーティを開催するのだからすべての参加者に踊ってほしいと思っている。食事や会話だけを楽しんでくれてももちろんいいが、自力で相手を見つけるのが難しい人のために、上級生たちもスタンバイしているのだ」

驚いた勇輝に、レオは胸を張って誇らしげに云う。

「一年生のイベントだが、実行委員会には上級生もいて、ダンスの相手などのサポートをしてくれる手筈になっている。みんなが楽しい思い出を作って帰れるようにな」

「そうか。じゃあ、絶対成功させたいよな」

「うむ。差し当たっては、君たちのワルツだが……」

「期待は裏切らない」

「大船に乗ったつもりでいてください」

勇輝と純奈は心を一つにして堂々と云った。

……。

そしてパーティの開演まで十分を切った午後五時五十分、勇輝たちは舞台袖にいて出番を待っていた。会場には今流行のポップミュージックが控えめな音量でかかっている。日は暮れてきたが照明も手伝って明るい雰囲気だ。

段取り通りなら、時間になったら暁雨が挨拶をし、勇輝と純奈がステージから下りていって、一年生代表としてみんなの見ている前でオープニングを飾るワルツを踊る。そのあとは各自自由に楽しみ、二時間ほどで終演という流れだった。

時間が迫ってくるにつれて、勇輝のなかでは緊張感が高まっていく。鼓動の音でも聞こえたか、それとも体が強張っていたせいか、純奈が声をかけてきた。

「緊張していますか？」

「もちろん。わくわくするし、そわそわする……純奈さんは？」

「私も緊張しています。でもピアノの発表会で何度も経験したことですから」

するとそれを傍で聞いていた千影が、トートバッグから小さな水筒を出した。

「お茶を一杯、いかがですか？」

「いや、いいよ。ありがとう」

勇輝がそう退けたとき、足音が近づいてきた。見ると、左目にモノクルをつけたダークスーツの伊達男が顔に笑みをはりつけて歩いてきた。

「お嬢様」

純奈に向かって恭しく一礼したその男は、魅夜の専属執事兼ボディガードという話だった。名前は。

「松風さん、ごきげんよう」

「魅夜様に云われて様子を見にきました」

そう云った瑠璃人の視線が勇輝に向けられる。鷹が獲物を見つめるような鋭い眼差しに勇輝はちょっと緊張したが、怯んだりはしなかった。

「こんにちは」

堂々と挨拶すると、瑠璃人が微笑む。

「はい、こんにちは」

一見、物腰が柔らかく、言葉遣いも丁寧なのに、怖さを感じるのはなぜなのか。

と、瑠璃人がステージに目をやって軽く眉根を寄せる。

「ところで、あれはなんでしょうか？」

そう云われて、勇輝たちは瑠璃人が指差す先を見た。なんのことかすぐにはわからなかったが、目を凝らし、反対側の舞台袖になにかがあるのに気づいた。大きな物体で、黒いカバーをかけられて丸ごと覆い隠されている。あれはいったい、なんだろう？

「……さあ。リハーサルのときには、あんなのありませんでした」

勇輝が首を傾げると、千影がたちまち険しい顔をした。

「危険物かもしれませんので、私が確認してまいりましょう」

「俺も行こう。お嬢様の近くにわけのわからないものがあるのは、警備上よくない」

瑠璃人がそう云って、ステージに出て行こうとするのを、千影が止めた。

「松風さん、関係者以外がステージを横切るのは禁止されています。それにもうステージ上には会長たちがいるじゃないですか」

ステージ上には暁雨や実行委員のレオたちがいる。暁雨はマイクを手にしていて、いつでも挨拶を始められそうな雰囲気だ。

　しかし瑠璃人は肩をすくめた。

「ちょっと後ろを通るだけだぜ？」

「ルールは守ってください」

　千影が頑固にそう云うと、瑠璃人はそれ以上の抵抗を諦めたようだった。

「オーケー、了解だ。それではお嬢様、しばし失礼いたします」

　はい、と頷いた純奈に、千影も云う。

「すぐに戻りますので。真田勇輝、頼みましたよ？」

「おう」

　勇輝が頷くと、千影と瑠璃人はステージの裏手に回る階段を下りていった。会場からは見えないステージ裏の通路を通って、反対側の舞台袖に出るのだろう。

　千影たちを見送っていると、純奈がなにかに気づいたような顔をした。

「勇輝君、汗を掻いていますよ？」

「そう？　まあ、ちょっと緊張したかな。松風さんって、なんかこう、鋭い雰囲気があるからさ。あの目の傷のせいかな」

　勇輝が笑うと、純奈は勇輝のスーツの胸ポケットに手を伸ばした。そこにあるチーフを使って、勇輝の額の汗をそっと拭いてくれる。

当たり前のようにそうしてくれる優しさに、勇輝が幸せを感じていると、純奈がぽつりと云った。

「松風さんは、ほかの山風衆とは少し違うと聞いたことがあります」

「えっ？」

「私も詳しくは聞かされていないのですが、松風さんは昔、危険なお仕事を任されていた時期があって、あの左目の傷もそのせいだとか」

「……なにかの事故？」

「わかりません。お母様には、私が知る必要のないことだと、そう云われました」

「ふうん、そうか……」

瑠璃人にどんな事情があるのか、勇輝にわかろうはずもない。ただ仮にも純奈の母親が自分の傍に仕えさせている人物なのだと思って、勇輝は楽観しようと思った。

「まあ、小四郎さんだって、初めて見たときは度肝を抜かれたけど、今は意外と優しい人だって気づいたし。松風さんのことも、そのうち慣れると思うよ」

勇輝がそう云うと、純奈はふふっと笑ってチーフをおしゃれなかたちに折り、それをふたたび勇輝の胸ポケットに入れた。

「上手いもんだね」

「お父様の身支度をたまに手伝うことがあって、それで覚えました」

純奈は晴臣との思い出を噛みしめるようにして笑いながら、勇輝の胸をぽんぽんと軽く叩いた。両親をとても愛している娘だということは、もうとっくにわかっている。

「君が愛するものを、俺も愛する」

突然そんなことを云って、純奈はちょっと驚いたようだが、やがて嬉しそうに笑った。

そのとき会場にかかっていた音楽がやんだ。

「あーあー、マイクの音、聞こえる?」

暁雨がそう云って、会場の端々に散っている実行委員のメンバーの合図を確認しているようだ。どうやらもうすぐ開演である。暁雨の挨拶が終わったら、勇輝たちの出番だ。

「準備はいい?」

「はい、いつでも大丈夫です」

純奈が気合いの入った顔をして頷いたとき、暁雨が肩に力を入れて両手でマイクを握りしめた。今日の暁雨は髪を下ろして眼鏡を外し、華やかにドレスアップしている。ダンスパーティ実行委員会の長として、彼女もやる気満々だ。

「さあ、そろそろいいかな。お集まりのみなさん、それではこれより貴煌帝学院一年生春季ダンスパーティの開演を――」

そこで暁雨の声は突然途切れ、会場全体が暗闇のなかへ落ちた。

ひかりと音が消滅し、一瞬、会場は静まり返った。そして誰かが叫ぶ。

「停電だ！」

それをきっかけに、人々のざわめきが波のように押し寄せてきた。

純奈が不安そうに勇輝に身を寄せてくる。

「勇輝君……」

「大丈夫、すぐ明るくなるさ」

そうでなかったら困る。それにしてもこのタイミングで停電になるとは、実に幸先が悪い。勇輝はそう思いながら、純奈を固く抱きしめた。この暗闇のなかでなにか事故が起こってはいけない。自分がしっかり守らねばならぬ。

「……明かりがほしいところだけど、手元になにもないな」

「千影が全部持っていってしまいましたからね」

スーツのシルエットが崩れますからポケットのなかのものは全部出してください。私が預かります――千影はそう云って、勇輝の財布や携帯デバイスを没収してしまった。今それは千影が持ち歩いているトートバッグのなかだ。

一方、ステージを含む会場のあちこちでは、各自が手持ちの携帯デバイスを使って手元に明かりを灯していると、懐中電灯を持ってきた生徒がステージ上を照らした。

「もう、なんなの！」と暁雨が元気にわめく声が聞こえ、勇輝と純奈はくすくす笑った。

混乱はさほどない。

「落ち着いてください」「危ないから動かないで、じっとしていて」といった声が聞こえてくる。実行委員のメンバーたちがきちんと仕事をしているようだ。

やがて入り口の扉やカーテンが開け放たれて、外のひかりが入ってきた。会場全体が闇の底から引き揚げられていき、勇輝の腕のなかで、純奈はほっとしたようだった。

「ちょっと明るくなりましたね」

「うん」

勇輝はそう返事をしながら、純奈の背中を安心させるよう撫でていた。彼女のぬくもりと息遣いが間近にあって、これはこれで悪くないと思ってしまう。

「千影は大丈夫でしょうか」

「すぐに戻ってくるさ」

「はい……」

そうだ。こんなことになったのだから、千影は血相を変えてこちらに引き返しているかもしれない。いや、暗闇のなかで走ったら危ないから、勇輝を信じて明かりが点くのを待

っているだろうか。

そう思っていたら、勇輝は自分の背中に純奈の手が回されるのを感覚して息を呑んだ。

「じゅ、純奈さん？」

「安心したら、もうちょっとこのままがいいかもって、思ってしまいました」

純奈は勇輝の胸に顔を埋めていて、どんな表情をしているかがわからない。しかし耳や首筋が、薄闇のなかにあってほんのり赤く染まっているように見えるのは、勇輝の目がおかしくなったせいだろうか。

——もうちょっと、このままがいい？

「それは俺も同じだ」

すると純奈が顔を上げた。潤み切った目をしていて、距離も近い。今なら誰も見ていない。理性の歯止めが壊れ始め、純奈の肩を抱く勇輝の手指に力がこもった、そのときだ。

ぱっ、と電気がついた。

魔法が解けて、現実に戻ってきたような感覚だった。純奈も唖然としたように天井を見上げて、照明が煌々と灯っているのを嘘みたいに見つめている。

勇輝は笑ってしまった。おかしなことを考えていたのが、馬鹿みたいだと思ってしまったのだ。すると純奈もくすくすと笑う。安心半分、がっかり半分といったところだ。

会場全体もほっとした様子で、ステージの真ん中では暁雨が仕切り直しといった顔をしてマイクを握る。

「よーし、それじゃあ――」

声は思いのほか小さかった。肉声だったからだ。

「あ、あれ？　マイク入ってない？」

暁雨は手元でマイクのスイッチをいじっていたかと思うと、マイクを振ったり逆さにしたりしている。だがやはりマイクが入らないようだ。

ふたたびざわめきが起こり始め、暁雨はなにかに気付いたように声を張り上げた。

「ちょっと！　なんでもいいから音を出して。音楽かけてみて！」

暁雨の指示で何人かが慌ただしく動き出した。だがやがて一人が帰ってて叫ぶ。

「駄目です！　音が出ません！」

「ちょっと、マジで？」

狼狽した様子の暁雨を遠目に見ていて、勇輝は状況がどんどん悪くなっているのを感じていた。

「勇輝君、これは……」

「機材トラブル、か……？」

どうやら、ワルツのための音楽が出ない。

停電になった時点で、瑠璃人と千影は純奈たちがいるのとは反対側の舞台袖に辿(たど)り着いていた。そこでカバーをかぶせてあるなにかの正体を確かめようとしたところで明かりが落ちたが、瑠璃人はさして狼狽しなかった。暗闇のなかでも、人の気配が手に取るようにわかる。傍で千影が動顛(どうてん)しているのも感じられた。

「落ち着け、千影。ただの停電だ」

「しかしお嬢様が……」

「真田勇輝がついているんだ。それに俺の感覚だと、剣呑(けんのん)な気配はない」

「そう、ですか……」

千影が平静を取り戻したのがわかると、瑠璃人は懐(ふところ)から携帯デバイスを出して、それを明かりにした。待つことしばし、停電が復旧する。

見たところ、これといった異変はない。

「ほらな?」

「お嬢様は……」

反対側の舞台袖に目をやれば、停電中になにがあったのか、純奈は勇輝の腕のなかで幸せそうにくすくすと笑っている。

千影が見るからにほっとした。

「御無事のようです」

「笑っておいでだな」

「あそこがお嬢様にとって、一番安心できる場所でしょうから」

千影の目に寂しいひかりが過ったそのとき、ステージでなにかが起こった。暁雨の様子がおかしく、周りの人間が慌ただしい。状況を観察していて、瑠璃人はふむと唸った。

「どうやら機材トラブルだな。音が出ないと、どうなるんだ？」

「……ダンスパーティで音楽がないと云うのは、致命的です」

「ま、そうだろうな」

くつくつと笑う瑠璃人を、千影が不審の目で見てくる。

「……松風さん。まさかとは思いますが、これはあなたの仕業ではありませんよね？」

「それこそまさかだな。見ろよ、このハンサム顔を。そんなことする顔に見えるか？」

瑠璃人は自分の顔を自分で撫でた。魅夜の執事として通っているこの顔で、そんなリスクを冒すわけがない。

千影は胡乱な目で見ていたが、やがてため息をつくと肩の力を抜いた。

「そうですよね。失礼しました。しかしこのタイミングで停電に機材トラブルとは……」

「偶然でないとしたら、御剣家の内紛だろうな」

目を瞠った千影に、瑠璃人は動揺しているステージを見物しながら云った。

「先日、魅夜様がおっしゃっていただろう。御剣レオには年上のいとこがいて、後継者の座を巡って争いがある、と。大方、ダンスパーティを失敗させ、恥をかかせてやろうって魂胆じゃねえかな。今夜のパーティには生徒たちの保護者も出席しているわけだしよ」

千影ははっとした。貴煌帝学院の学生の保護者ということは、つまりどこかの社長や重役、その夫人、あるいは『先生』と呼ばれる地位にある者たちということだ。

「御剣レオのぼっちゃんが実行委員のメンバーとしてこのパーティを成功させますなんて噂を流して期待させたあとに、機材トラブルなんてお粗末なオチでパーティが潰れたら、さすがに黒星一つだな。黒星三つで後継者の座から転落ってとこか」

くっくっく、と笑いながら瑠璃人が語ると、千影は暗い面持ちで云った。

「そこまでして当主になりたいものなんですか？」

「貴煌帝学院の長ともなれば政財界への影響力は絶大だからな。椅子が奪えるなら、欲しいだろうよ。だがそれでやることがダンスパーティの妨害なんて可愛いもんさ。十七年前の天光院家に比べれば、ままごとだな」

瑠璃人がさらりと云うと、千影は硬直した。絶句しているようだ。

そのとき勇輝と純奈がステージに出てきて、暁雨に話しかけた。状況を確認しているのだろうか。瑠璃人は二人を見つめながら続けた。

「おまえは知らないだろうが、天光院家にも跡目争いはあったんだぜ？」

「……それはもしや、照久様のことですか？」

「ああ、魅夜様の兄君、天光院照久様。気さくな御方でな、誰とでもすぐに友達になったが、裏では遊び好きで素行が悪かった。照久様に泣かされた山風衆の娘もいたっけな。可哀想に、好きな男がいたのに、初恋ごと踏みにじられてしまった。哀れだったぜ」

千影が目を伏せる。年ごろの少女としては聞きたくない話だろう。

瑠璃人は遠い目をして、亡き照久の顔を追憶しながら続けた。

「今にして思えば、照久様も天光院のプレッシャーに潰されかかっていたのだろうとわかるが、当時は誰もがこう思った。こんなやつが当主になったら、天光院は終わりだ、と。それで魅夜様を担ぐ動きが出てきた。魅夜様は実の兄との骨肉の争いを厭がっていたが、照久様がどんどん暴君になっていくのを見て考えを変えたようだ。それからは本当に大変だったぜ。お家騒動の真っ最中に、時和グループが戦いを挑んできたりしてな」

「時和グループと云うと、緑川奏さんの……」

「そうだ。魅夜様と緑川奏は友人だったが、家同士は仲が悪かった。そして天光院家の内紛に乗じて、大陸の黄龍財閥と手を組み、戦いを挑もうとしたんだ。だがその矢先、照久様が交通事故で亡くなって後継者が魅夜様に決まったから、つけ入る隙がなくなって、時和グループは諦めたんだよ。ラッキーだったぜ」

「……そ、そんな云い方はおやめください。お嬢様の伯父にあたる御方ですよ？」

「だが当時はみんなそう思ったんだよ。これで一件落着、ってな。その後は魅夜様が先代から当主の座を引き継ぎ、夫の晴臣をトップの座につけた。そして魅夜様は同じ過ちを繰り返さないために、子供を一人しか作らなかった。だから天光院家のすべては純奈お嬢様が継承される。おまえたちの代じゃ、継承争いは起こらない。よかったな」

それは瑠璃人の本心だったが、千影は浮かぬ顔をしている。

「……どうした？」

果たして千影は、硬い面持ちで訊ねてきた。

「照久様が亡くなられたのは、事故だったんですよね？」

「ああ、事故だったよ」

瑠璃人は涼しい顔をして答えたが、千影の頬には一筋の汗が流れている。瑠璃人は黙ってハンカチを取り出し、その汗をそっと受け止めてやった。

「俺が事故と云ったら、事故なんだ」

「……はい」

その短い返事には、もう二度とこの件を訊かないという恐れを感じた。瑠璃人は優しく微笑むとハンカチを懐にしまい、それから思い出したように云う。

「だがもしあの事故が起こらず、照久様が天光院の当主になっていれば、後継者は純奈お嬢様ではなかった。照久様の子がその座にいただろう。残念だったな、千影」

「残念とは、どういう意味かわかりません。私は照久様を知りませんし、旦那様がいる今の天光院グループが好きです。なにより、お嬢様が……好きです。私のお仕えする方がお嬢様でよかった」

「ふーん、そうかい」

その一瞬、瑠璃人はある好奇心に駆られた。それを教えたら、どうなるんだろうという好奇心だ。しかし。

「千影」

低く太い声に、千影だけでなく瑠璃人も振り返る。そこに狼の目をしたダークスーツの巨漢が立っていた。小四郎だ。千影は全身で安堵を示しながら云った。

「叔父さん。どうしてここに？」

「会場に異変があったからだ。おまえこそ、なぜお嬢様のお傍にいない？」

それには、千影ではなく瑠璃人が答えた。

「こいつがなにか確かめに来たんだ。よくわからんものが増えてたんでな」

瑠璃人はそう云うと、ここへ来た当初の目的である謎の物体に歩み寄り、かけられているカバーを掴んで引っぺがした。

現れたのは、一台のグランドピアノだった。

「ピアノ……」

千影は茫然と呟き、瑠璃人はふむと唸った。

「なぜこれがここにあるのか知らんが、こいつがあれば、音が出ない問題は解決できるんじゃないのか？」

千影ははっとした顔をすると、ステージを振り返った。そこには勇輝と純奈、暁雨やレオがいて、深刻そうな顔でなにごとか相談している。

だがここにピアノがあるのだ。

「失礼します！」

千影は瑠璃人たちにそう云うと、ステージに向かって飛び出していった。

瑠璃人が微笑んでそれを見送っていると、横から大きな手が伸びてきて、瑠璃人の胸倉をつかみあげた。小四郎だ。

「……瑠璃人。なにをべらべら喋っている？」

「ははは、怖い目で睨むなよ。ちょっと話の流れでそうなっただけさ」

瑠璃人は笑ってすまそうとしたが、小四郎は怒りを発している。

「……お喋りはほどほどにしろ。今度千影に照久様の名前を聞かせたら、ただではおかん」

そう云って小四郎は、瑠璃人を突き飛ばすようにして手を放した。

ふう、と息を吐いた瑠璃人は、乱れた襟元を整えると、ステージに目をやった。

「わかった、わかった。じゃあ別の話をしようか。あそこの生徒会長、黄龍財閥の娘だってよ。なんで日本にいるんだと思う？」

「……さあな」

「聞いた話じゃ、あの娘の婚約者は死んでるのに、婚約が解消されてないらしい。これはいったい、どういうことだろうな？」

小四郎は岩になったように返事をしない。

「おい、だんまりか？　いいぜ、なら俺が云ってやる。時和グループが黄龍財閥と手を結んだせいで、天光院は悠長にやってられなくなった。後継者争いを早期に決着する必要に迫られた。で、決着させた。おかげで先代は時和を深く憎んでな……こうなったのも時和のせいだと、俺に報復をお命じになった。まったく、信頼されたもんだぜ」

すると小四郎はたまりかねたように、瑠璃人を睨みつけてきた。

「……先代が憎んでいるのは、時和だけではないだろう？」

「ははは。出来の悪い子ほど可愛いって云うからなあ」

瑠璃人は口では陽気に云ったが、耳の奥では暗い錆を含んだ先代の声が聞こえていた。

——なあ、瑠璃人。おまえは地獄へ落ちねばならん。自分でもそう思うだろう？

そうして先代は瑠璃人の前にナイフをぽとりと落とし、拾えと命じた。

あのときあのナイフを拾わなかったら、自分はどんな人間になっていただろうかと今でも思う。だがほかに道はなかった。

——おまえが拾わないなら魅夜に拾わせる。

先代はそう仰せだった。

そのとき千影に声をかけられた勇輝が、瑠璃人たちの方を見た。瑠璃人が笑いながら手を振ってやると、勇輝が手を振り返してくる。瑠璃人はしみじみと思った。

「……この門をくぐる者は、一切の希望を捨てよ。あのとき、あの夜、俺は健気にもそんな気持ちになって車を飛ばした。だっていうのに、おまえらが俺のパーフェクトな仕事を邪魔しやがったせいで、面倒ごとの芽を摘みそこねたじゃねえか。見ろよ、どうするんだ。あんなに大きくなっちまって」

「……晴臣も、俺たちも、魅夜様の心を守ろうとしただけだ。照久様の件で、魅夜様の良心の箍は外れてしまった。あの夜に起ころうとしていたことを、なりゆきに任せようとしたのがその証拠だ。だから止めねばならなかった。なんとしても食い止めて、落ちゆく魅夜様を救い、そしておまえのことも、救いたかった」

小四郎のその言葉を、瑠璃人は鼻先で笑い飛ばした。

「冗談だろ？　俺を救いたかったにしては、あいつ、ブチ切れてたぜ」

話しているうちに、瑠璃人は左目がうずき出すのを感じ、モノクルを外した。そこにある古傷が、まるで真新しい傷であるかのように熱を持ち、痛み始める。あのときと同じように、血が涙となって溢れ出したのかと思ったほどだ。

照久が彼女を踏みにじったとき、瑠璃人は我慢をした。抗議に行った魅夜を照久が殴ったときも、身ごもった彼女に手術を受けるよう命じたときも、魅夜と一緒に我慢した。だが手術のあとの体調がすぐれないから療養に出したという魅夜の言葉が真っ赤な嘘だったと知った照久が、母子ともに始末しろと叫んだときには、我慢しなかった。

専属執事として仕えていた照久を裏切り、彼を倒さねば二人を守れないと魅夜を追い込んだのは瑠璃人だ。だからその後の業は、一手に引き受けてきた。

ところがあの夜だけはしくじった。先代の望み通り、地獄へと落ちていく自分を自分で嗤っていたら、彼女に彼を奪われ、左目に一生消えない傷をもらったのだ。

——あれっきり、あいつは消えた。晴臣や小四郎の分まで、一人で裏切者の名を背負って。そして、もう二度と会うこともないと思っていたのに。

「面白えな、運命ってのはよ」

この先、なにがどうなるのか、それは瑠璃人にもわからない。わかるのは、過去だけだ。振り返れば過去はいつもそこにあり、思い出は青春のひかりを放っている。

「しかし懐かしいな。もう二十年も前になるのか。あいつの晴れ舞台を見たいって駄々をこねたおまえを、俺がここへ連れてきてやったっけ」

小四郎は返事をしなかった。横目で見れば、昔の話をしたのが気に入らないのか、仏頂面をしている。しかしこの筋骨隆々たる大男にも、あどけない少年時代があったのだ。

そのころは瑠璃人もまだ若く、顔には傷がなく、手も汚れてはいなかった。今の勇輝や純奈のように初恋の火を胸に灯して、彼女を遠くから見つめていた。

「あいつがここでワルツを踊ったときのこと、今でも憶えてるぜ。綺麗だったな」

「……ああ。姉上は、美しかった」

◇

これからダンスパーティなのに、音楽がかからない。

勇輝と純奈は舞台袖から実行委員たちの様子を窺っていたが、どうにも埒が明かないようなのでステージに出て行って、暁雨に話しかけた。

「会長、どんな感じですか?」

「超やばい。音が出ない。この手の機械に詳しい生徒に声をかけてるけど、どこに問題があるのか探して見つけて直して……とかやってたら一時間くらいかかるかも」

「一時間……!」

勇輝は愕然としてステージの上から会場を見回した。今は停電の混乱も落ち着いて、みんな飲み物を手に会話を楽しんでいる。しかし彼らが騒ぎ始めるのは時間の問題だ。

レオが腕時計を見て険しい顔をした。

「もう午後六時を回っています。予定がある人も、門限がある人もいるのです。一時間後では遅い。三十分でも遅い。今すぐでなくては——」

今すぐでなくては、ダンスパーティは失敗する。誰もがそう悟りながら、その先を口にできない。純奈が悲しそうな目をして勇輝を見上げてきた。

「勇輝君、なんとかならないでしょうか……？」

「そうだね……シンプルに考えて、機材トラブルで音楽をかけられないなら、機材に頼らず音を出せる手段があればいい。でもそんな都合のいいことが――」

あるわけがない。そう思ったとき、勇輝の頭をよぎったのは魅夜の話だった。魅夜のときはワルツの曲をピアノで生演奏したと云う。だが今から音楽室へ駆け込んだところで、ピアノを運んでくるのは大変なことだ。楽器というものは雑に扱えない。

結局、時間が足りないのだ、と勇輝が歯噛みしたとき、爽やかな声がした。

「お嬢様！　真田勇輝！」

「おお、千影！」

どこからともなく千影が現れた。純奈がほっと胸を撫で下ろす。

「千影、心配しましたよ。どこへ行っていたのです？」

「遅くなって申し訳ございません。松風さんとの話が少し脱線しまして……」

そういえば瑠璃人は？

そう思って反対の舞台袖を見た勇輝は驚いた。瑠璃人の隣に小四郎がいる。きっと停電が起きたから駆けつけてきたのだろう。無表情の小四郎の隣で、瑠璃人が勇輝に笑いながら手を振ってきた。勇輝がそれに手を振り返したときだ。

「それよりお嬢様、舞台袖にピアノがあります！」

一瞬で、勇輝は目の覚めるような思いがした。

——ピアノだって？

「なんでそんなものが、都合よく？」

「さあ、わかりません。理由は会長に訊いた方がいいのではないですか？」

それはそうだ。勇輝は一つ頷くと暁雨を振り返った。

……。

その場の全員で舞台袖に移った勇輝たちは、グランドピアノを囲んで見下ろしていた。

舞台袖にあった謎の物体が危険でないかどうか確かめに行ったところ、覆われていたカバーを外してみると、これが出てきたのだと云う。

「なんでこんなところにグランドピアノが……」

「あ、それは私がひそかに運び込んだの」

挙手して笑っている暁雨を、全員が信じられないといった目で見た。

「どういうことですか？」

　レオの責めるような問いに、暁雨はちょっと動揺しながらも答えた。

「いや、ダンスパーティのサプライズでさ、一発、私の美声を披露しようと思って。これはそのための伴奏用のピアノだよ。本当にみんなを驚かせようと思ったから、伴奏を頼んだ友達と生徒会のメンバーだけで、直前にこっそり運び込んだの」

　レオが目を剥いた。

「僕たちにも知らせずに？」

「そうだよ。見つからないようにするのが大変だった。でもばれちゃったら、サプライズにならないなあ」

　心底がっかりしている様子の暁雨に、勇輝が一歩迫った。

「歌うつもりだったんですか？」

「そう。でも今はそれどころじゃない――」

「いや、会長、ピアノがあるじゃないですか」

「だから？」

　その反応が、勇輝にはもどかしくてならない。

　勇輝は大声をあげたいのをどうにか我慢すると、努めて穏やかに云った。

「ピアノがあれば、ほかになんにもなくても、この会場中に音を響かせることくらいできるんですよ」

「演奏する予定で用意したなら、調律はしてありますよね？　すぐ弾ける状態でしたら、音楽の問題はなんとかなります」

勇輝と純奈の言葉に目を白黒させた暁雨だったが、やがて理解したらしい。

「えっ、生演奏する気？　誰がワルツなんか弾くの？　しかも一曲じゃないんだよ？　ワルツと云っても色んな曲があって、そんなたくさんの曲を、二時間ぶっ通しで弾ける人なんているの？」

瞬間、勇輝のなかで負けん気と正義感が情熱となって迸った。

「俺が弾きます」

「私が弾きます」

二人の声が重なり、勇輝は驚いて純奈を見た。純奈もまた勇輝を見て目を瞠っている。

二人の申し出に暁雨たちが静まり返るなか、勇輝と純奈はお互いの目のなかに同じ色を見ていた。

「いいのかい？　その、ピアノを弾くってことは、ワルツは踊れない。つまり伝説を逃すことになる」

——って、訊くだけ野暮か。

純奈の目を見れば、顔を見れば、彼女の意志はあきらかだ。

果たして純奈は迷いなく頷いた。

「はい、だってこのパーティを楽しみにしているのは、私たちだけではありません。みなさんのためにできることがあるなら、私はやってみたいです」

純奈はそう云って、千影に向かって手を差し伸べた。云われずとも、千影は手にしていたトートバッグから純奈のペンと冒険ノートを取り出し、純奈に渡す。

純奈は素早くノートに書きつけると、それを勇輝に見せてきた。

――ダンスパーティを成功させたいです。

「それにこういう予想外のことって、冒険って感じがしませんか？」

純奈のいたずらっぽい笑顔を見て、勇輝は声をあげて笑うと、晴れやかな顔をして暁雨を見た。

「そういうわけです。俺と純奈さんで交互に演奏します。それで二時間、やりますよ。会長はみんなにパーティの始まりを呼び掛けてください」

「え、ええっ？　いいの？　できるの？」

「ほかに良いアイディアがあるなら聞きますけど？」

勇輝はそう云って一同を見回したが、発言する者はいなかった。最後にレオに眼差しを据える。

「というわけだ、レオ。今から古賀さんを誘ってきてくれ。オープニングのワルツは、おまえたちに任せた。できるよな？」

　レオはすぐには返事をしなかった。その瞳に揺れる感情の正体を、勇輝は素早く感じ取ることができた。罪悪感だ。

「……気にするなよ」

「だが、僕たちより君たちの方がよほど踊りたかったのだろう？」

「そうだけど、ピアノはピアノで楽しいし……」

　勇輝はそう云いながら純奈を見て、右手をちょっと動かした。するとペンとノートを千影に預けた純奈が、勇輝の手を握りしめてくる。

「こういうイレギュラーなときって、人間の本音とかが出ると思うんだよ。そういうときに俺と純奈さんの意見がばっちり重なったってことが、俺は嬉しい」

　俺が弾きます。私が弾きます。勇輝も純奈も迷わなかった。伝説の虜になってオープニングのワルツを飾りたいと夢見ていたのに、その夢を捨てることができた。

　そのことを、誇りにすら思う。

　そうした勇輝の気持ちが、レオにも通じたらしい。

った。
勇輝が拳を前に出すと、レオはそれに自分の拳を軽くぶつけ、由美のところへ駆けてい
「任せてくれ」
「……ふっ。では、君の提案に乗ろう」

由美を見つけるのは簡単だった。異変が起きたことは彼女も察知しており、心配そうに
ステージを見ていて、レオに自分から手を振って呼びかけてきたからだ。

レオは由美を舞台袖に引っ張り込むと、急いで事情を話して聞かせた。

「――というわけで、僕とワルツを踊ってくれ」

由美はたちまち青ざめた。

「いや、だって、そんな急に云われても。私たちが踊っていいわけないでしょ……純奈様、
あんなに楽しみにしてたのに」

「真田勇輝と天光院純奈嬢に頼まれたのだから、そこで遠慮する必要はない」

だが由美は喉になにかがつかえているように云う。

「だとしても、全然、心の準備とかできてないし。だいたいあんなにしっかり準備したのに、機材トラブルってさ……」

「その件については、原因をしっかり調査した上で対応する。だが、もしかしたら……」

レオが苦虫を噛み潰したような顔をしたので、由美は察したらしい。

「あ、もしかして、お兄さん？」

「……ありうるといえば、ありうる。だが今の時点では疑いたくない」

レオは胸が塞（ふさ）がれるような想（おも）いで目を伏せた。どうにも厭だ。身内同士で反目したり、疑いをかけたり、足を引っ張り合ったりなど、冗談ではない。

だがそのとき、由美が力強く云った。

「もしそうなら、負けてられないね」

はっとして顔を上げると、由美がいつになく強気の表情だ。

「レオが後継者争いから下りたら、貴煌帝学院、お兄さんに取られちゃうよ。いいの？」

「彼が公明正大な人物ならそれでいい」

「公明正大の反対みたいな人じゃん」

違（ちが）いない。そう思ってレオが笑うと、由美もくすくすと笑った。

それからレオは真顔に戻（もど）って由美に手を差し伸べた。

「大丈夫、僕がエスコートする」

「……いいよ。エスコートされてあげます」

そうして由美がレオの手に手を重ねると、レオは翼を得たような想いがした。

「よし。あとは音楽だが……」

「それなら大丈夫。勇輝君、ピアノは上手いらしいよ」

「そうだな。口だけの男ではなかったし、弾くと云うなら弾くのだろう」

レオがステージの勇輝に顔を振り向けたとき、視界の隅で由美がにんまり笑うのが見えた。意地悪をするときの顔だ。

果たして彼女は云った。

「レオ、ちょっと楽しそうだね」

「……そんなことはない」

「……ふふっ。まあ、いいよ。いじめるのはやめてあげる。行こう」

由美はそう云うと、レオと手を繋いだままドレスで跳びはねるようにして歩き出し、レオを驚かせた。

◇

レオが由美を連れてくるまでのあいだに、勇輝たちはグランドピアノをステージの中央へと動かした。小四郎や瑠璃人も手伝ってくれたので、これは簡単だった。

ステージの上にピアノが出てきたことで、目敏い者はどうやら事態が動き始めたと気づいたらしい。一方で、注目していない者もいる。

しかし暁雨は充電式のマイクを片手に得意顔だ。

「これは単体で機能するやつだから、スピーカーとか機材のトラブルとか関係ない。これで開演の挨拶をするけど、準備はいい？」

「いや、その前にピアノの音がちゃんと会場全体に聞こえるか確かめたいです」

コンサートホールとしても使える設計になっているなら音がよく響くようになっているはずだが、サウンドチェックは必要だ。勇輝はそう思って千影に顔を振り向けた。

「千影、向こうの壁まで走ってくれるか？　音が聞こえたら合図を送ってくれ」

「わかりました」

千影は二つ返事で引き受けると、ステージを飛び降り、忍者のような動きで人と人とのあいだをすり抜けていった。

「それにピアノを弾いたら、みんなの注目を集められるでしょう」

勇輝はそう云うとピアノ前の椅子に座り、息を整えた。どんな曲を弾くかは迷わなかった。そして音楽が始まる。

勇輝がメロディを奏で始めてすぐ、純奈がぽつりとつぶやいた。

「英雄ポロネーズ……」

ショパンの『英雄ポロネーズ』は、勇輝が幼いころから好きな曲の一つだった。勇壮で力強いこの音楽に憧れ、これを弾けるようになりたくてピアノを頑張ったのだ。つらいことがあったときや挫けそうなときにはこの曲を聴いて自分を奮い立たせていた。受験の前の晩も、左手一本でこの曲をなぞった。

——この曲は俺に力をくれる。

どんなに難しい曲でも、愛する曲なら勇輝はその魅力を引き出すことができた。

残念なのは、今はこれを最後まで演奏している場合ではないということだ。ただでさえ開始が遅れているダンスパーティを、これ以上遅らせるわけにはいかない。

二分手前のきりのいいところで、勇輝は演奏をやめた。たちまち拍手が巻き起こる。足元から鳥の群れが飛び立つような、そんな音だった。

会場にいるすべての人に注目されているのに気づいた勇輝は、はにかみながら、軽く手を挙げてそれに答えた。壁際に立っていた千影が、トートバッグを手首にかけて、拍手をしながら戻ってくる。彼女の合図がなくとも、この人々の反応を見れば、音がホール全体に伝わることは明白だった。

「よし！　会長、大丈夫です！」

「オッケー。あとはレオたちだけど……」

「こちらも話はついた」

その声に見れば、レオと由美がそこにいた。

純奈がすぐに由美のところへ寄っていく。

「古賀さん、来て下さってありがとうございます。本当に急なことですが……」

「だ、大丈夫。やってみます！」

由美の返事は、とにかく声を出したといった感じだった。もう少し息を整えた方がいいと勇輝は思ったが、時間がない。

「じゃあ始めるよ」

暁雨はそれだけ云うとマイクのスイッチを入れて、声を張り上げた。

「大変お待たせしました。これより貴煌帝学院一年生春季ダンスパーティの開演を宣言します。今夜のパーティで演奏されるワルツは、なんとすべてピアノの生演奏！　弾いてくれるのは一年生の真田勇輝君！」

に座ったまま会場に向かって一礼した。

紹介されるとは思っておらず、不意打ちを受けた勇輝は慌てて居住まいを正すと、椅子

「そして天光院純奈さん！」

おおーっ、とどよめきの声が起こった。これは天光院の名前にみんなが驚いたのだろう。

勇輝の傍に立っていた純奈は、特に気にした様子もなく優雅に一礼する。

「ではまず伝統にのっとり、一年生代表の二人にワルツでオープニングを飾っていただきます。踊るのは御剣レオ、古賀由美の二人です！」

レオが由美とともに一礼する。レオは涼しげだが、由美はこんなに早く幕が切って落とされるとは思っていなかったのか、あっという間に緊張に呑まれてしまったようだ。

すかさず純奈が、由美の肩に触れながら優しく云う。

「古賀さん、肩の力を抜いてください。せっかくだから、楽しんでほしいです。私も楽しんで演奏しますから」

「えっ？　じゅ、純奈様が演奏するんですか？」

「はい。二人が準備できたと思ったら弾き始めますから、安心して気持ちを落ち着けてくださいね」

純奈がにっこり笑って頷いたのを見て、勇輝は椅子から立ち上がった。もとより交代で

弾くという話だ。パーティを通して約二時間、自分たち二人で音楽を絶やさぬようにしなければならない。

勇輝は純奈の隣に立つと由美に云った。

「大丈夫、上手くいくよ。二人の相性がいいのは、俺たちが一番知ってる」

「う、うん、そうだけど、でも勇輝君たちの方がよかったわけだから、それが急にこんなことになっちゃって、本当に大丈夫かなって……」

たしかに競い合いでのときに暁雨は云った。

――そういうとこだよ、君たちの敗因。勇輝君たちを見なよ。勢いで『結婚します』とまで云ったのを、見習ったら？

だからといって、今この場でレオと由美が恋人になるなどありえないだろう。由美の目が下を向いてきた。よくない兆候だと思ったとき、レオが云う。

「由美。僕たちは断じてカップルではない」

「断じてって……！」

云い方が気に入らなかったのか、由美が目に角を立ててレオを睨んだ。その視線を受け止めて、レオは淡い笑みを浮かべた。

「だがもし僕たちの関係が変わったら、そのときは、今日のことを楽しく振り返ることができるような、そんなワルツにしてみないか？」

そのとき由美が見せた表情は、思いがけず好きな食べ物を前にしたときのそれに似ていたかもしれない。つまり驚き、それから嬉しそうに笑ったのだ。

「しょうがないなあ、そういうことなら、まあいいよ」

「では行こう」

レオに手を引かれ、由美はステージの中央に設置された短い階段を下りてフロアに立った。云うまでもなく、生徒たちは中央のスペースを空けて取り囲むようにして立っている。もとより会場は中央がダンススペース、周辺が飲食スペースだ。

代表の二人がオープニングとなるワルツを踊り、それを全員で見届けてからパーティが本当に始まる。今、レオと由美に全員の注目が集まっていた。

勇輝は純奈のために椅子を引いてやった。

「ありがとうございます」

そう云って座った純奈がピアノを前に呼吸を整えていると、千影がやってきた。

「お嬢様、楽譜は……」

「大丈夫。頭に入っています。それでは……」

純奈は由美たちの方を気にして見た。二人ともう準備ができている。それを見て、純奈は音楽を奏で始めた。

……。

レオと由美は完璧だった。

そんな二人の美しいワルツが終わると、儀式ばったことは終わり、楽しいパーティが始まった。音楽に乗ってそれぞれ意中の相手と踊る者、食事や会話に没頭する者など、さまざまなかたちでみんなパーティを楽しんでいる。

それを音楽で支えていたのが、勇輝と純奈だ。交代でピアノを弾いて、いくつものワルツの曲を次から次へと奏でていく。そんな二人のサポートを千影がしていた。

暁雨やレオも入れ替わりに様子を見にきて、ぶっ通しでピアノを弾いている勇輝たちを気遣ってくれた。機材のトラブルはまだ解決しないらしい。

由美は善信や阿弥寧たちに囲まれて、レオとのワルツを早くも武勇伝として得意げに披露している。

小四郎と瑠璃人はいつの間にか姿を消していた。瑠璃人は魅夜に報告を上げているだろう。ありのままを報告してくれたら、魅夜は勇輝への評価を下げないはずだ。そう信じて、勇輝はピアノを弾き続けた。

そうしてダンスパーティが佳境を迎え、それをも過ぎていよいよ終演の空気が漂い始めたころ、純奈の演奏を見守っていた勇輝の肩を誰かが叩(たた)いた。振り返ると、暁雨だった。

「機材、直ったみたいだ」

勇輝は思わずガッツポーズを作った。自分たちはやり遂(と)げたのだ。

純奈の演奏が終わったあと、会場に設置されたスピーカーからワルツの曲が流れ始めた。

それで純奈もトラブルが解決したことを悟ったのだろう。

勇輝と純奈は身を寄せ合いながら、疲(つか)れた体と満たされた心で、しばしワルツの優雅な曲に浸(ひた)った。そんな勇輝の肩に肩を寄せて、純奈が云う。

「頑張りましたね、勇輝君」

「うん。純奈さんも頑張った」

「お疲れさまでした」

千影が二人に一礼し、勇輝と純奈はどちらからともなく手を繋いだ。

そこへ暁雨が、両手を合わせて頭を下げる。

「ありがとう。生徒会と実行委員を代表してありがとう。そしてごめん！」

勇輝も純奈もきょとんとした。

「どうして会長が謝(あやま)るのですか？」

「だって、苦労させちゃったし、本当はオープニングでワルツを踊りたかっただろう？

ほかのみんなみたいにパーティを楽しみたかったはずだ。もう時間はないけど、今からでも楽しんできなよ」

すると純奈がゆっくりとかぶりを振った。

「いいえ、会長。実は私たち、もう十分、楽しんでいます」

「俺たちのピアノで、みんなを楽しませられた。はっきり云って、最高！」

勇輝の声は晴れ晴れとしていて、そこに一点の曇りもない。暁雨を気遣ったのではなく、心からそう思って云っている。

それが伝わると、暁雨は嬉しそうに笑った。

「そっか。君たち、音楽が好きなんだね。なら、よかった。私は生徒会長としてみんなにこのイベントを楽しんでほしかったんだ。誰一人、つまらない思いをして帰ってほしくなかった。トラブルに見舞われたけど、上手くいったみたいだ……」

そう云って胸を撫で下ろしている暁雨を見て、勇輝はしみじみと云った。

「会長って、いい人ですよね」

「もちろんさ。当たり前じゃん、だって私は生徒会長なんだから。でもどうする？　そんなにピアノが弾きたいなら、最後まで弾く？」

「いや、もう緊張の糸が切れたんで無理です。手も疲れましたし」

さすがにもう一息つきたい。喉も渇いていた。

純奈が千影を見て云う。

「千影、小四郎に連絡を。勇輝君、場所を変えましょう」

そうして勇輝たちはステージを下りて、会場の壁際にある飲食スペースの一隅にやってきた。パーティも終わりかけで料理はほとんど残っていなかったが、立ち働いているウェイターたちがテーブルを綺麗にしてくれていたし、ドリンクはまだ残っていた。

むろんアルコールの類はない。りんごジュースやぶどうジュースだ。

勇輝がりんごジュースで喉を潤し、生き返ったような気持ちになっていると、小四郎がそれなりの大きさのある紙袋を手にしてやってきた。

「あ、小四郎さん、こんばんは。さっきはピアノを動かしてくれて助かりました」

「……うむ」

小四郎は頷くと、手にしていた紙袋を純奈に恭しく差し出した。

「お嬢様、こちらが例のものです。それと松風は先に戻りました。奥様には、見たままを報告しておくとの伝言です」

「そうですか。ありがとう、小四郎」

純奈は紙袋を受け取るとそれをテーブルに置き、そこから紙箱を取り出して両手で持つと、勇輝に体ごと向き直った。その表情になにか改まったものを感じ、勇輝が背筋を伸ばしたとき、純奈が云った。

「勇輝君、お誕生日おめでとうございます」

「……憶えててくれたんだ」

「もちろんです」

優婉（ゆうえん）に笑った純奈が、そっと紙箱を差し出してくる。勇輝がそれを受け取ると、千影と小四郎が拍手をしてくれた。

勇輝は照れくさそうに笑うと、紙箱をテーブルに置いて純奈を見た。

「開けてみてもいい？」

「はい、どうぞ」

箱を開けると、中から出てきたのは黄色いレモン形のケーキだった。それが六つ、可愛い感じで詰（つ）まっている。

勇輝はたちまち笑み崩（くず）れた。

「レモンケーキ、かな？」

「勇輝君になにをあげるか、本当に悩（なや）んだのです。最初はグランドピアノをプレゼントしようと思ったのですが……」

――それはやめて。

「千影にそれはやめろと云われました」

勇輝と千影は目を合わせ、黙って頷き合った。純奈はすらすらと喋り続けている。

「お母様やマリーさんにも相談して、結局手作りのケーキにしました」

「……嬉しい。すごく嬉しい」

食べ物をもらうととても嬉しく感じるのは、自分の感性が子供だからだろうか。ともあれ、ちょうどピアノの演奏を続けて小腹が空いていたときだ。

「じゃあ、早速だけどいただきます」

勇輝は手を伸ばしたけれど、そこへ千影がどこからか取り出した銀のフォークを勇輝に差し出してきた。勇輝は目を丸くしたが、次の瞬間には笑って、レモンケーキに伸ばそうとしていた手の方向を変えた。

「サンキュー」

しかしそのとき、フォークを横から純奈が軽やかに取り上げてしまった。

「お嬢様？」

千影は目を丸くしたが、勇輝には純奈の意図がわかってしまった。

「食べさせてくれるってこと？」

「はい」

勇輝はちょっと恥ずかしかったが、嬉しさの方が勝った。

「お嬢様、人目が……」

千影は一応、云うだけ云ってみたようだが、純奈はもうレモンケーキを一つ小皿に取り分け、フォークで一口サイズに切り取りにかかっている。

そして純奈がフォークで取ってくれたケーキを口にした勇輝は、とても幸せだった。

「美味い！　世界記録を更新した！　あのときのからあげが一番だったけど、今はこのレモンケーキが一番だ！」

勇輝がそう激賞すると、純奈は嬉しそうにぴょんと跳びはね、それからまた一口食べさせてくれた。三口目は、さすがに自分で食べようと思った。

「あとはもう自分で食べるよ」

「そうですか？」

純奈は残念そうだったが、ある程度は満足したのか、勇輝にフォークを渡してくれた。

勇輝はケーキを食べながら云った。

「俺、小さいときレモンをよく食べてたらしい。丸かじりしてたって」

「まあ」

「全然記憶にないんだけど、好きだったんだろうな」

今では、レモンなどはすっぱくて食べられないが、幼児期の自分はどんな舌をしていたのだろうか。

「あ、俺ばかり食べてたら悪いな。六つもあるし。せっかくだから、純奈さんもどうぞ」

「はい。じゃあ今度は勇輝君が食べさせてくださいね」

「えっ？」

勇輝は驚いたが、純奈は当たり前のことを云っただけという顔をしている。

「よ、よし、わかった」

勇輝はさっそくケーキを一つ小皿に載せた。失敗のないようにと思って、緊張しながらケーキを一口サイズにして純奈の口元に運ぶ。

純奈は口を開けて待っている。お嬢様の品性か、自分から食いつく気はないらしい。勇輝が思い切ってフォークを純奈の口のなかに届けると、純奈は幸せそうな顔をしてケーキを食べた。

——ふう、やりとげたぞ。

勇輝は一仕事終えた顔をすると、皿にフォークを添えて純奈に渡した。

「あとは自分でどうぞ」

「……意地悪です」

「いや、自分の手で食べた方が絶対食べやすいから」

ははは っと笑った勇輝は、そのときフォークを手にした千影が凍りついているのに気がついた。

「あれ、千影、どうした?」

「……気づいてないんですか?」

「なにが?」

そう口にしてから、千影がフォークを持っている意味をやっと理解する。

「ああ、そうか。おまえも食べたいんだな。もちろん、独り占めする気はない」

「……なるほど、わかりました。永久に気づかないままでいてください」

千影はフォークを逆手に持つと、紙箱のなかに並べられているレモンケーキの一つを串刺しにし、狼よろしく豪快に二口で平らげてしまった。

「ワイルドだなあ……」

そんなことを思いつつ、勇輝は小四郎にも笑いかけた。

「小四郎さんもよかったら」

「……俺は予定外のカロリーは摂らない。筋肉に支障が出る」

「そ、そうですか。なら俺がもう一つ、いただきます」

二つ目のケーキを食べてしまうと、さすがにお腹もふくれてきた。三個目に行こうという気にはなれない。

「残りは家に持って帰って食べるよ。母さんへのお土産にもしたいし」

「はい」

純奈はそう云うと、紙袋を寄せてなかに手を入れた。おやと思っていると、純奈は手にしたものを見て小首を傾げた。

「お嬢様、それは保冷剤です。例のものはこちらですよ」

千影がそう云って紙袋から取り出したのは、片手で持てるほどの小さな包みだった。純奈は恥ずかしそうに千影からそれを受け取ると、勇輝に向き直った。

「実はもう一つ、あるんです。お菓子だけでは、やっぱり寂しいと思って」

勇輝は笑いながら受け取った。もう十分多くのものを貰った気がするのに、まだくれると云う。これはこの先のお返しが大変だが、楽しみでもあった。

「ありがとう、開けるよ」

「どうぞ」

それを合図に包装紙を丁寧にはがすと、風格のある紙箱が出てきた。開けてみると、黒と銀が使われた筆記具がある。ボールペンかと思ったが、手に取ってみると違った。

「シャープペンシルか……」

もちろん、その辺りの文房具屋で売っているものとはモノが違った。ペン自体が御大層な箱のなかに収まっているくらいだ。

「いいペンは書きやすく手が疲れません。これでお勉強を頑張ってください」

「多少値は張りましたが、アクセサリーなどと違って学生の必需品ですから、睨まれたりはしないでしょう。遠慮なく受け取ってください」

黙って頷いた勇輝は、一年前、自分が冒険ノートと一緒にピンク色のハンカチを贈ったときのことを思い出していた。

あのとき純奈は一生大切にすると云ってくれた。勇輝はいくらなんでも大袈裟だと思ったけれど、今なら彼女の気持ちがわかる。自分もそう思う。

「ありがとう、一生大切にするよ」

「えへへ」

勇輝に身を寄せてくる純奈の肩に控えめに手を回しながら、勇輝は千影にも云った。

「千影もありがとう。一緒に考えてくれたんだろ?」

「私は……」

「そうなんです！　勇輝君へのプレゼントをどうするかずっと一緒に考えてくれて、ケーキを作るのも手伝ってくれました。ありがとう、千影」

すると千影は、背中に羽根でも生えたかのようになった。彼女の体が軽くなったようだと、勇輝はそう感じたのだ。

「……お嬢様のためです」

千影は、ちょっと赤らんだ顔を隠すかのように深々と一礼した。

そのとき、音楽が止んだ。ちょうど一曲終わったところだったが、次の曲がかからない。

まさかまた機材トラブルかと思っていると、スピーカーから声がした。

「まもなくダンスパーティの終了時刻です」

勇輝はほっとした。さすがにもう事故は起きないらしい。

「最後に生徒会長兼、ダンスパーティ実行委員長の黄さんからスピーチがあります。みなさま、ステージにご注目ください」

するとステージに立っていた暁雨がマイクを片手に声を張り上げる。

「はい、注目！　ちょっとそこ空けて。ステージ前に、踊れるくらいのスペース作って！」

暁雨の指示に、自由に踊っていた生徒たちが戸惑いながらも従う。勇輝は純奈とともに、なにが始まるのか興味津々の目で成り行きを見守っていた。

「えー、みなさんのお力添えもあってどうにかダンスパーティを無事に終われそうです。知っていると思いますが、今日はいきなり音が出なくなるトラブルがありました。そこを乗り越えられたのは、私があらゆる事態を想定してピアノを用意していたおかげです」

笑いの渦が巻き起こった。勇輝と純奈もまた、肩を揺すって笑っていた。

「でもそのピアノを弾いてくれた二人がいます。最後に彼らに一曲踊っていただいて、このダンスパーティをしめたいと思います。真田勇輝君と天光院純奈さんは前へ！」

「えっ？」

瞳を抜かれたように驚き、茫然絶句の勇輝に、暁雨がステージの上から指差してきた。

「オープニングワルツ、踊れなかっただろう？　エンディングワルツを踊らせてあげるよ」

勇輝は五秒ほどの沈黙を挟んで、やっと云った。

「……おお、マジか」

「勇輝君！」

純奈が嬉しそうに笑っていた。この笑顔を見ては是非もないし、勇輝だって踊りたかった。ずっと純奈と踊るために練習してきたのだ。

「そうだね、踊らずには終われないよね」

ちょうど演奏の疲れも回復してきたところだ。タイミングは完璧だった。

小四郎が勇輝の手にしていたシャープペンシルを横からそっと受け取る。

「……お嬢様からの贈り物は、俺が紙袋に詰め直しておこう」

「お願いします」

「お気をつけて、お嬢様」

千影も今さら邪魔をする気はないらしい。

勇輝は胸を張ると、純奈を見て云った。

「それじゃあ、行こうか」

「はい」

勇輝は純奈の手を取ると、彼女をエスコートして舞台へ向かった。

「がんばってー！」

「ばっちり動画に撮ってやるぞ！」

そうエールを送ってくれた阿弥寧や善信に手を振り返し、勇輝はステージ前のスペースに立つと暁雨を見上げた。

暁雨がにやりと笑う。

「Are you ready?」

「俺はいいけど、純奈さんは……」

「私はいつでも大丈夫です」

それを受けて、勇輝は純奈と向き合った。

「フィナーレで踊った二人が永遠に結ばれるなんて伝説はないけど……」

「伝説なら、これから二人で作りましょう」

そして新たな音楽が始まった。

この日、勇輝と純奈は伝説を書き換えることになる。

ダンスパーティのエンディングでワルツを踊った二人は永遠に結ばれる、と。

……。

踊り終え、盛大な拍手に包まれながら、勇輝と純奈はお互いの熱い吐息を感じていた。

心臓を一つにし、鼓動を一つにし、二人の体に同じ血が流れているような、そんなワルツだった。

「俺と出会ってくれてありがとう」

「……勇輝君?」

「今、なんとなくそう思った」

すると純奈の瞳が優しく輝いた。

「こちらこそ」

そうして二人がワルツの余韻に浸りながら見つめ合っていると、新たな音楽が聞こえてきた。ステージを見れば、あのグランドピアノを知らない女子生徒が演奏していた。

そして暁雨が、マイク片手に全力で叫ぶ。

「それじゃあ本当に、最後の、最後で、私の歌を聴けーっ！」

「あ、やっぱり歌うんだ……」

「絶対やると思っていました」

そもそもあのピアノがここにあるのは、暁雨がサプライズで歌うつもりだったからだ。奏者は暁雨の友人だという、三年生の女子だろう。

「最後は自分が主役になる気だよね、あの人」

「ふふふっ」

勇輝としては文句もない。最後に純奈と踊る機会を与えてくれただけで、百回でもありがとうと云いたいくらいだった。

「でもこの曲は……」

「アイリーン・キャラのホワット・ア・フィーリング……正確なタイトルはもうちょっと長かったかな？　とにかく昔の映画で使われた曲だよ。たしかその映画ってダンスをテーマにしてたから、いいチョイスだ」

そしてイントロが終わり、暁雨が歌い始め、勇輝はあまりの美声に胸を貫かれた。

──上手い！

「えっ、えっ、マジか！　会長、歌が上手い！」

「本当に、お上手……！」

英語の発音が完璧なのはもちろん、声量といい音程といい完璧で、その気になればプロの歌手になれるのではないかというほど上手かった。ピアノの伴奏も見事だ。

生徒たちの口から上がった驚きの声は、すぐに歓声へと変わっていく。暁雨は歌いながら笑顔と手振りでそれに応え、ステージの上を右へ左へ行ったり来たりする。そのときにはもう、誰もが暁雨の歌声の虜になっていた。

そして音楽に合わせて、自然と体が動き出す。手拍子をしたり、一緒に歌ったり、あるいは踊り始めたり……勇輝は三番目のタイプだった。

「純奈さん、もう一曲、踊らないか？」

「でもこの曲だと、上手く踊れるかどうか……」

「大丈夫。楽しめばいいのさ」

勇輝がちょっと強引に純奈の手を引くと、純奈は甘えるように勇輝にくっついてきた。

「……はい！」

そうして力強い歌声に引っ張られるようにして体を動かしているうちに、勇輝は純奈しか見えなくなってきた。それは純奈も同じだ。勇輝には、それがわかる。音楽が、今を永遠に感じる魔法を二人にかけてくれている。

お互いの目を見ているうちに顔が近づいていて、ふとダンスの足が止まった。けれど心は止まらない。目を閉じて恋人の心に触れれば、見ることも言葉にすることもできない本当の愛をきっと感じられる。そう信じて二人は目を閉じ、そっと唇を重ねた。

——柔らかい。

女の子の唇の、あまりの柔らかさに心が震えた。一秒が千年に感じる瞬間がまさに今だった。そのとき勇輝は、永遠を見つけた気さえした。

◇

暁雨の歌声に情感を揺り動かされつつも、千影はみんなのように音楽に身を任せたりはせず、冷静に会場の端のテーブル席に佇み続けていた。

「意外でしたね、生徒会長にこんな特技があったとは……」

その言葉に、隣の小四郎はなにも云わない。寡黙な人だし、ほとんど独り言のようなものだったから、千影も気にしなかった。

千影はもちろん、純奈のことを遠目に見守っていた。この歌声に誘われて、勇輝と純奈が楽しそうに踊っている。二人だけではない、大勢のカップルが、友人が、最後の踊りを楽しんでいる。そのなかにはレオと由美もいた。そして踊っていない者は、善信や阿弥寧のように暁雨に喝采を送っている。

一歩引いた様子の保護者たちですら、暁雨の歌声に浸っているようだった。

こうした状況においても、純奈から目を離さず見守っているのが自分の務めだ。しかしそのとき人が近づいてくる気配がしたので、千影はそちらに警戒の目を向けた。

やってきたのは金髪にサングラスをかけた、黒いドレスの美女だった。

「邪魔するよ」

その声を聞いて、千影は警戒を解いた。

「これは、真田勇輝のお母様。いらっしゃったのですか」

「ちょいと子供たちの様子を見にね」

千華はそう云うと、ドレスが着慣れないのか、居心地悪そうにした。

千影は千華に会ったことが数えるほどしかない。いつも自転車屋の店主として作業着ばかり着ていたが、こうしたイブニングドレスも隠し持っていたのだ。美人でスタイルもいいから華があるが、夜の室内でサングラスはいただけない。

外せばいいのにと思っていると、千華は小四郎に目を向けた。

「どうしたい、運転手さん。幽霊でも見たような顔をして」

「……よろしいのですか？」

「保護者が出席してもいいパーティなんだろ？ それともこんな金髪のガラの悪そうな女は、お上品なダンスパーティに相応しくないって？」

「いえ、そういうわけでは……」

小四郎の声は、いつもよりワントーン高かった。美女が相手だからといって緊張するような人ではないのにと千影が不思議がっていると、千華は勇輝を見て云った。

「勇輝のやつ、上手くやってるみたいだね」

「はい」

それから千華はしばらくパーティ会場の様子を眺めていたが、一人だけ音楽の輪に加わらずぽつんとしている千影に気づいたらしい。

「……あれ。そういえばメイドさん、あんた、踊らないのかい？」

「メイドですから。お嬢様を見守ることが優先されます」

するとと千華はゆっくりとサングラスを外し、それをごく自然な様子で小四郎に預けると、千影に眼差しを据えた。

恐れるような、憐れむような、なんともいえぬ目だ。

「お役目ご苦労。偉いね。でもどうせ一人なら、あたしと一曲、踊っておくれよ」

千影は即答で断ろうとしたが、しかし。

「千影、それがいい。踊ってこい」

小四郎に先を急ぐように云われて千影は戸惑った。

「しかし叔父さん、私は……」

「お嬢様のことなら俺が見ている。今夜はおまえの舞踏会でもあるのだ。本当に、蚊帳の外で終わるつもりか？　早くしなければ曲が終わるぞ」

それでも千影は踏み出せなかった。そのとき千華が思い切ったように千影の手を取り、踊っている学生たちの輪のなかへ千影を連れ出した。

こうなっては、もう仕方がない。それに踊りながら純奈の傍へ行けばいいだけのことだ。

「お嬢様の護衛のことを考えてるだろう？」

いきなり図星をさされ、千影は思わず息を呑んだ。

「ははっ、そのくらいあたしにだってわかるさ。でも楽しまないともったいないよ。適当でいいから」

「……そういうあなたは、手が震えていますね？」

「そりゃ、あたしだって緊張くらいするさ。本当に、ぶっ倒れそうだよ」

千華はそう云いながらも、音楽に合わせてステップを踏んだ。すぐに彼女が素晴らしい踊り手であることは千影にもわかった。千影はどうにかついていき、やっと少し楽しいと思ったところで、暁雨の歌声がやんだ。曲が終わっていく。

「ちっ、もうかい」

踊り始めるのが遅かったので、結局中途半端に終わってしまった。自分がぐずぐずせずに、さっさと千華の誘いに乗っていたら、違う景色が見えていたのだろうか。

――でも、私はお嬢様のメイドですから。

そう思いながら純奈の姿を捜した千影は、愕然とした。あろうことか、こんな場所で、勇輝と純奈が口づけを交わしている。夢かと思ったが夢ではない。

ぴゅう、と千華が口笛を吹く。

「やるじゃないか」

「褒めていかる場合ではありません」

幸い、人々の注目は自分のダンス相手か、ステージの暁雨に向いている。気づいている人はいないようだ。

――長い、長い、長い！　早く離れてください、誰かに気づかれる前に！

祈りが天に届いたのか、音楽が完全に終わったとき、勇輝と純奈が顔を離した。無意識のうちに止めていた息を盛大に吐き出した千影は、そのまま前のめりに倒れそうになった。それを千華が支えてくれたことにも気づかず、千影は憤怒とともに云う。

「真田勇輝、あとでグーパンチですね」

「そいつは勘弁してやっておくれよ。だってほら、あの二人――」

千華にそう促され、改めて勇輝と純奈を見れば、二人ともこの上なく幸せそうに見つめ合っているのだ。純奈にあんな顔をさせられるのは、勇輝をおいてほかにあるまい。

そう思うと、千影のなかの怒りが燃え尽きた炎のように消えていった。

千華がくすりと笑う。

「もういいかい？」

そのとき初めて、千影は自分が千華に支えられて立っていたことに気がついた。

「失礼しました」

「いいんだよ」

千華は優しく歌うように云うと、千影からちょっと距離を取った。

「それじゃあ、あたしはもう行くよ。勇輝に伝えておくれ。駐車場に車を駐めてあるから、そこで待ってるって」

「はい」

そこへ小四郎がやってきて、千華にサングラスを渡す。千華はそれを受け取ると、目元を隠す寸前に云った。

「またね、千影」

その短い言葉を最後に、千華は回れ右して去っていった。千影と呼び捨てにされるような仲でもないはずなのに、なぜかしっくりくる。

不思議なものだと思いながら、去りゆく千華の後ろ姿を見送っていると、千華とすれ違った女子が驚いて立ち止まった。サングラスをしていたのに足を止めさせるなにかがあったのだ。それがいったいなんなのか、振り返って確かめさせてはくれまいかと思ったが、千華の姿は人ごみに紛れて見えなくなった。

とはいえ、次の機会はあるだろう。

「……ええ、いずれまた」

千影は別れ際の千華の言葉に、遅まきながらそう返事をした。

ステージの上では暁雨が本当に終わりの挨拶をしている。それを最後まで聞かず会場をあとにする人たちもいて、いよいよパーティは終わりだった。

「千影」

純奈が勇輝の手を引き、もう片方の手を振って千影に近づいてきた。

「お嬢様」

千影は純奈の前まで行ったが、なんとなく自分の方が恥ずかしくなってしまって、純奈の顔を見られなかった。その代わりに、勇輝を睨みつける。

「真田勇輝、あなたにはあとで云いたいことがあります」

「……見てた？」

「しかと」

すると純奈が両手で赤くなった自分の顔を包んでしまった。交わす言葉はない。まったくもう、としか思えない。

小四郎からプレゼントの入った紙袋を渡された勇輝が真面目に云う。

「グーパンチは勘弁してくれよな」

「……いいですよ。あなたがお嬢様を幸せにする限り」

「それなら任せてくれ」

勇輝はそう云って、左手で軽く自分の胸を叩いた。

エピローグ

五月のゴールデンウイークのある日、勇輝は街角で純奈と待ち合わせをしていた。朝の八時にこの場所でということで、約束の時間にはまだ間がある。

――遠出するので、そのつもりでいてくださいね。

事前にそう云われていたので、勇輝は大きめの鞄を肩に斜め掛けしていた。

純奈を乗せた車がまだ来ないので、勇輝はＳＮＳを使って友達とやりとりをしていた。

相手は羽柴和人だ。勇輝とは元バンド仲間で、いつぞやは五人で一緒にラムネを飲んだこともあった。同じバンドで音楽をやってきた絆は今でも強い。だから勇輝は和人には、クラスメイトにはしない話もしていた。たとえば、キスのことだ。

『なあ和人。俺たちが生まれるずっと前、二十世紀の言い伝えでファーストキスはレモンの味ってのがあったらしいけど、あれは本当だったんだな』

『は？』

『レモンだったんだ』

『いや、それはキスの前にレモンか、レモン味のなんらかを食べただろう』

『……食べた』

『それだよ。俺とマリーのときはそんなことなかったもん。勢いよくやりすぎて、歯がぶつかって痛かったし』

そのメッセージを見た勇輝は思わず笑ってしまい、それからマリーこと迦遊羅鞠絵の顔を思い出しながらメッセージを続けた。

『そういえばマリーちゃん、純奈さんのお菓子作りの相談に乗ってくれたんだって？　お礼を云っておいてくれ』

そう送信した矢先、千影からメッセージが届いた。もうすぐ着くと云う。

勇輝は和人にスタンプで別れを告げると、携帯デバイスをしまい、建物のショーウインドウに映る自分を見て服や髪を念入りに整えた。

やがて黒塗りの高級車が停車し、千影と純奈が姿を見せた。

「勇輝君！」

純奈が弾むような足取りで勇輝の前にやってくる。ちょうどこの場所だ。一年前、コンサートのあと、ビルを出てすぐのここで純奈とぶつかってしまった。

恋に落ちることを事故にたとえる人もいるが、まさにあれは運命との衝突だった。

「……ここで出会って、一年が経ってしまいましたね」

「一周年記念日だね。ハッピーバースデー、俺たち！」

勇輝が右手を前に向けると、純奈はそれに勢いよく掌を合わせ、音を立ててハイタッチをした。

そのまま、二人で手と手を重ねて思い出を振り返る。

「色々あったね」

「はい。でもこれからもっと色んなことがありますよ」

そうだろうとも。勇輝はまだ始まったばかりの高校生活を思い描いて胸を熱くしていた。

「それで、今日はどこへ行くんだい？　遠出するとしか聞いてないけど、晴臣さんに行動計画表は提出した？」

「はい。今日は全国的にお天気がいいので、北海道へ行きたいです！」

突然の申し出に、勇輝は思わず空を見上げた。ちょうど一機の航空機が、青空を背負って飛んでいくところだった。

そんな勇輝に千影が云う。

「航空機のチケットは既に手配してあります」

「……日帰り？」

「当たり前じゃないですか。外泊は許可できませんよ？」

「でも北海道って、遠くない？」

「たしかに遠いですが、朝に出かけて夜に帰ってこられない場所ではないでしょう？」

千影は「ねえ？」と純奈と頷き合っている。

――そういえばそうだったな。高校生が日帰りデートで飛行機を使うなんて普通はないけど、天光院のお嬢様だった。

今までも純奈と遠くへ出かけたことはあったが、飛行機を使うのはこれが初めてだ。

「勇輝君？」

不思議そうな顔をした純奈に、勇輝は微笑みかけた。

「一年前の今日はバンジージャンプで飛んだけど、今日は飛行機で飛ぶわけだ」

「はい」

素直にうなずいてから、純奈はふと思いついたかのようにこう付け足した。

「……いつか宇宙旅行が身近になったら、二人で行きましょうね」

「それはいいね」

自分たちが生きているあいだに月旅行のできる時代が来るだろうか。来なければ、手繰り寄せてみるのもいい。だがまずは北海道だ。

「よし、行くか！　どうせだったら俺、馬に乗りたい！」

「実はそう云うだろうと思って、牧場の予約をしておきました。せっかく北海道まで行くなら自然に触(ふ)れた方がいいでしょうから」

「さすが完璧(かんぺき)なメイドだ！」

勇輝が思わず握手(あくしゅ)を求めると、千影は満更(まんざら)でもなさそうに応じてくれた。

「でも俺が馬に乗りたがるって、よくわかったな？」

「お嬢様が憶(おぼ)えていたのですよ」

驚いて振り返ると、純奈はちょっと得意げな顔をしている。

「スカイダイビングをした日、帰りに次は自転車の練習をしようって約束したじゃないですか。あのとき私が、自転車に乗ったことはありませんけど乗馬の経験はありますと云ったら、勇輝君は馬に乗ったことがないと云いましたよね。あのときの勇輝君の、なにかに焦(こ)がれるような顔を見て、この人はきっと馬に乗ってみたいのだと思ったのです。ですからそのことを、ちゃんと冒険(ぼうけん)ノートに書き留(と)めておきました。いつか北海道まで行けるお許しをお父様にいただけたら、勇輝君と一緒に馬に乗ろうと」

勇輝は言葉もなかった。もうずっと前のたった一言を憶えていて、しかも勇輝の心まで見抜(みぬ)いてくれていたとは、信じられない。

しかし純奈は当たり前のように云う。

「だって、わかりますよ。好きな人のことですから」

勇輝は、言葉の代わりに純奈をひしと抱きしめていた。こんないい子にこんなに愛されて、自分はなんと幸せなのだろう。

しかも純奈こそ幸せそうに勇輝を抱きしめ返してくるのだ。そのままいつまでも抱き合っていたかったが、やがて千影が車の屋根を軽く叩いた。

「よろしいですか？　そろそろ出発しないと、飛行機に遅れるのですが」

勇輝と純奈はくっつけていた体を離すと、笑い合い、そして勇輝がごく自然に純奈の手を取った。

「よし、行こう！」

「はい！」

馬に乗れる！　しかも二人で！

想像するだけで心が蹄を鳴らして走り出す。

今までも、そしてこれからも、箱入りお嬢様と庶民の少年は、二人で明日に架ける橋を渡っていくだろう。

（了）

あとがき

子供のころ『ドラゴンクエストへの道』という漫画を読みました。これはご存じ国民的RPG『ドラクエ』の一作目の制作時の出来事を漫画にしたもので、大変に面白く、私はこれを読んで初めて「なにかを作りたい」「将来、何者かになりたい」という情熱を持ちました。自分の夢の出発点であり、今でもときどき読み返します。

それから数年後、私は演劇の道の入り口あたりをうろうろしていました。今となっては自分でも信じられないことですが、当時の私は「役者になろう」という気を起こしていたのです。

しかし稽古をしていて自分の意識が向かっていくのは、与えられた役をどう演技するかではなく、「この脚本がもっとこうだったらいいのに」というものでした。自分の芝居よりもストーリーを改造することばかり考えていたのです。それでなんとなく気づきました。自分が本当にやりたいことは、物語を作ることなんじゃないのか、と。

その気持ちがどんどん膨らんでいき、ついに私は自分で小説を書いてみようと思い立ったのです。十六歳のときでした。

それまで小説を書いたことはなく、誰かに書き方を教わったこともなく、ただ読書経験だけを頼りにいきなり書き始めましたが、ひと夏をかけて最後まで書き上げることができました。途中で書けなくなったり、投げ出したりということは、まったくありませんでした。きっとそれまでに、本をたくさん読んでいたからだと思います。

そして書き上げた小説を新人賞に出しました。正直、あのときの私は、自分に才能があると思って天狗になっていました。しかし結果は一次選考落選。次の年に二作目を書いて送りましたが、やはり一次選考で落選でした。

これでちょっと気が抜けてしまった私は、ゲームの二次創作小説を書くことに楽しみを見出し、それをインターネットで発表することを数年続けました。読者さんから感想をいただけたときは嬉しかったし、同じ作品を好きな人同士が集まってワイワイやっていたので、あれはあれで楽しかった。

でも本当に小説家になりたいならオリジナルで勝負しないと駄目だと思い、二次創作をきっぱりやめて、ふたたび自分の小説を書いて新人賞に挑みました。二次創作での武者修行を終えて、数年ぶりの再挑戦。結果は……一次選考落選！　まあ現実はそんなものです。

でもそこからはめげずに小説の量産を始めまして、新人賞にどんどん応募していったら、だんだん一次選考は通るようになってきました。そして二次選考を通るようになり、最終選考に残ることもあり、19年にHJ文庫さんに拾っていただいて、今に至ります。

こんにちは、太陽ひかるです。

今回はあとがきのページ数を多めにもらえたので、ちょっとだけ自分の話をしてみました。こういうことはネットでつぶやいてもよかったのですが、一応、自分の辿ってきたルートを本というかたちで残しておくのもいいかなと思って。

さて、ここからはいつも通り謝辞です。

雪丸ぬん先生、今回も素晴らしいイラストをありがとうございました。全部よかったのですが、特に表紙が最高でした。

担当さんから電子書籍版の特典SSを書いてほしいと云われて、二つ返事で引き受けたはいいものの、どんな話にしようか悩んでいたところ、ふと2巻のカバーイラストを見て「これだ、この絵のシーンを書けばいいんだ」と閃きました。カバーイラストが私にインスピレーションを与えてくれました。

もしまた一緒に仕事をする機会がありましたら、よろしくお願いします。

担当編集者様。いつもありがとうございます。次の本も出せるように全力でがんばりますので、これからもよろしくお願いします。

ＨＪ文庫編集部の皆様、校正様、この本の出版から販売までに携わってくださったすべての方、そして読者の皆様、ありがとうございました。みなさんのおかげで、こうしてまた本が出せています。

最後になりますが、１巻の帯にも書かれていた通り、『箱入りお嬢様』のコミカライズ企画は着々と進行中です。いずれＨＪ文庫様の公式Ｘ（旧ツイッター）で漫画家様や掲載メディアについてのアナウンスがあるかと思いますので、詳細についてはそちらをお待ち下さい。

ちなみに私はもう漫画版のキャラのラフなどはいただいています。実力のある方に引き受けていただけたので、安心して待っています。読者の皆様もぜひご期待ください。

それではまたいつか、次の物語でお会いしましょう。

漫画が小説を追い越していってくれることを願って。

令和五年八月吉日　太陽ひかる　拝

箱入りお嬢様と庶民な俺のやりたい100のこと

その2.ファーストダンスをあなたと

2023年10月1日　初版発行

著者――太陽ひかる

発行者―松下大介
発行所―株式会社ホビージャパン

〒151-0053
東京都渋谷区代々木2-15-8
電話　03(5304)7604（編集）
　　　03(5304)9112（営業）

印刷所――大日本印刷株式会社

装丁――coil／株式会社エストール

Printed in Japan

ISBN978-4-7986-3308-4　C0193

天才女優の幼馴染と、キスシーンを演じることになった 1

著者／雨宮むぎ
イラスト／Kuro太

そのキス、演技？ それとも本気？

かつて幼馴染と交わした約束を果たすために努力する高校生俳優海斗。そんな彼のクラスに転校してきたのは、今を時めく天才女優にしてその幼馴染でもある玲奈だった!? しかも玲奈がヒロインの新作ドラマの主演に抜擢され——クライマックスにはキスシーン!? 演技と恋の青春ラブコメ!